Manuscritos de Felipa

Adélia Prado

Manuscritos de Felipa

EDITORA RECORD
RIO DE JANEIRO • SÃO PAULO
2007

Cip-Brasil. Catalogação-na-fonte
Sindicato Nacional dos Editores de Livros, RJ.

P915m Prado, Adélia, 1935-
       Manuscritos de Felipa / Adélia Prado. – Rio de
       Janeiro : Record, 2007.

       ISBN 978-85-01-07517-8

       1. Prosa brasileira. I. Título.

                                    CDD 869.93
06-4506   CDU 821.134.3(81)-3

Copyright © 1999 by Adélia Prado

Projeto gráfico: Regina Ferraz
Concepção da capa: Adélia Prado

Todos os direitos reservados.
Proibida a reprodução, armazenamento ou transmissão de partes deste
livro, através de quaisquer meios, sem prévia autorização por escrito.

Direitos exclusivos desta edição reservados pela
EDITORA RECORD LTDA.
Rua Argentina 171 – Rio de Janeiro, RJ – 20921-380 – Tel.: 2585-2000

Impresso no Brasil

ISBN 978-85-01-07517-8

PEDIDOS PELO REEMBOLSO POSTAL
Caixa Postal 23.052
Rio de Janeiro, RJ – 20922-970

EDITORA AFILIADA

*Quando vieres traze contigo a capa
que deixei em Trôade, na casa de Carpo,
e também os livros, principalmente os pergaminhos.*

II Timóteo 4-13

I

Antes fosse tudo culpa de má arbitragem e estresse muscular, conforme disse o torcedor sobre a derrota do seu time. Mas não é. A vida não é um jogo de futebol, em que pese minha tendência genética de dramatizar o mais normal dos acontecimentos. Sendo uma pessoa sobre o natural, sujeita a intermitentes espasmos de estresse psíquico, estou de novo me sentindo cansada, após quatro anos de relativo repouso. Minha libido está desaparecendo, a cara nojenta do medo dá o ar de sua graça. A velha está com medo e não existe chupeta pra anciãs. À minha volta, jovens-que-não-vão-morrer-nunca e velhinhas, algumas se agarrando em mim, equivocadas quanto à minha fortaleza, outras fingindo que não estão velhas, as piores, disfarçando o medo com agressividade e ocupações. Reconheço minha impiedade ao falar assim de nós e grande injustiça também, mas preciso das duas como hipótese nesta minha procura de saída e ar puro. Abrir picada na mata supõe quebrar galhos viçosos, Deus sabe, e quero que me conte a respeito. Anciãs rima com sutiãs, que as velhas a meu ver devem dispensar; estou sendo bíblica: "a quem tem, mais lhe será dado". Isto não é confuso, é só difícil de perceber à primeira vista. Tenho que falar de mim, felizmente, porque de outrem — cabe perfeitamente aqui esta palavra — não conheço nada, o que não me livra de julgar e pecar diuturnamente.

Pus sobre o meu estômago um retrato de Santa Terezinha, esperando que ela me cure a dor no plexo. Escrevo sobre uma prancheta regulável, por causa da coluna, isto humilha, não por causa da prancheta, por causa do medo. Aleijadinho entalhava com as ferramentas amarradas no pulso. Só na escola achei isto bonito, autores tuberculosos, aleijados, irados, intratáveis. Grande bobagem! Somos todos insuportáveis por causa do medo. Disfarçamos segundo nossa maior ou menor cegueira, sendo que a menor delas já escurece o sol. Onde está o homem sem medo? O homem sem projeções? Tal criatura existe? A psicologia, descobrisse apenas este último e inacreditável fenômeno, eu a justificaria. Os semelhantes se reconhecem. Psicologia? Já era bordão de Adão a pérola barroca: "um gambá cheira o outro". É feio, grosseiro, mas é verdadeiro. Quero a verdade, mas não muito, não toda, por partes, se puder, em pequenos torrões. Com chá, por causa do medo que voltou, o deus terrível que me quer escrava e a quem temo deixar, com medo de morrer afogada pelo excesso de ar, viciada que estou em pequeninos gritos, suspiros abafados, lágrimas prestes a cair. Tenho projetos acanhados, o céu como minha casa na infância está passando de bom. Tem rochas maravilhosas no Cazaquistão e eu adoro rochas. Vamos? Tem passagem de graça, hospedagem, pode levar acompanhante. Não quero, este morrinho de cascalho tá bom. Não quer ver os fiordes na Dinamarca? Obrigada, já vi no cinema, é bonito mesmo, mas aqui tá bom, nesta lagoazinha. Nem a exposição sobre o Carmelo de Lisieux?

É no Rio de Janeiro, você é tão devota, vamos? Vou não. Já sei a respeito, vou fazer a novena em casa. Ninguém me chame pra lugar nenhum. Minha viagem é em minha própria casa, grande demais pra meu gosto. Quero um quarto, preciso de um cômodo só, quero uma cela, estou entrópica. Oh! Estou querendo morrer? Meu Deus, mas o meu único e insuportável medo é este! De morrer! Que ridículo! Vou descobrir que faço o que detesto, como São Paulo? Eu? Uma dona de casa a quem associam pão de queijo e novenas, em tão insigne companhia? Me pergunto agora: você deseja o quê, neste exato momento, Felipa?

11

Neste exato momento quero escrever numa folha os números de um a vinte e quatro — os anos de vida de Santa Terezinha — num retrato sobre meu estômago e pedir a ela, como um sinal de que não tenho nada de grave, que me tire agora esta dorzinha enjoada. Esta sou eu, a valente companheira do apóstolo Paulo. Em cada número vou rezar um Glória.

Rezei e a dorzinha continua, e com ela o medo de que seja sintoma grave. Como posso assim fazer cara boa e dar testemunho do amor divino, cantar sua misericórdia? Também não posso passar a vida toda me lembrando de quando tinha dezessete anos e amanhecia comendo o mundo, tão feliz que acendia lâmpada com os olhos. Cadê eu? Estou aqui, sou a mesminha. Vou experimentar falar como um caminhoneiro, sem medo de que ele apareça e minha mãe me estapeie a boca: Que diabo! Mas ficou forçado e chega de fazer força. Xingo deve ser como Glórias, espontâneo. Alba está preocupada porque a Floripes fala muito palavrão na hora da ginástica, tem uma boca de esgoto muito criativa. Está lá, normalíssima, batendo papo, vestindo a malha, mas é a Alba começar com os exercícios e ela puxa a descarga. Parece um transe. Acho que a Alba não deve se preocupar nem proibir a Floripes. Me parece, o seu destempero chulo, como orar em línguas. É uma mulher muito caridosa, canta em coral e tem o dom de servir, a graça da boa vontade. Uma velha ranzinza não é pior? Eu não agüento. Exorcizo-te, travesti nojento, agora sim: filho de uma puta, inimigo de Deus, eu sou de Deus, foi Ele quem me fez, seu bosta, não tenho um anel no dedo, queres levar minha alma? Não levarás. Estou em meio a uma tentação, reconheço-a porque não tive coragem de escrever o que pensei. Sou um soldado ferido, carregando companheiro morto às costas. Peço ao meu general que me deixe por um momento descansar à sombra. Conheço a tentação contra a confiança, não meço forças com o rei do ardil, isto estou aprendendo. Rezo de novo os vinte e quatro Glórias e aguardo à soleira como um pedinte. O Senhor dos Exércitos come a portas trancadas, mandou me dizer que aguarde. Aguardo.

Preciso descobrir se é errado falar palavrões. É tão bom! Se for certo, nas horas de necessidade, é claro, posso dispensar o travesseiro que já está furado de tanto eu dar murro nele.

III

A dorzinha continua, mas meu desconforto e medo não aumentaram nem diminuíram. O que está errado? Eu estou errada. Em quê? Por que sou eu a errada meus sonhos estão dizendo. Acordei sobressaltada com a agulha da máquina quebrando-se, da maquininha de mão. Mesmo em vigília é horrível isto. Pela segunda vez em dez dias esta parte da cidade ficou no escuro. Chamo todo mundo pra fora, pra apreciar o que só eu e Teodoro tivemos quando meninos. Foram satélites, estrelas cadentes, tão clara a lua, fazendo sombras. A moça observou: 'faz até sombra, mas a gente pode olhar pra ela sem doer os olhos, é luz diferente da luz do sol'. Claridade que não fere, claridade de sonho, lindamente fantasmagórica, Vênus enorme, e vaga-lumes entre a pitangueira e a copa dos limoeiros. Sabe que descobriram agora uma estrela milhões e milhões de vezes maior que o Sol? Falou o namorado tímido, protegido pela ausência da eletricidade. Estava emocionado, vi que seria ótimo marido para a moça.

Teodoro atende ao telefone e pelo jeito a Angelina acabou de morrer. Me dá a notícia no tom em que toda notícia assim deveria ser dada: olha, a Angelina terminou o serviço dela, tomou banho e voltou pra casa dos pais, foi de primeira classe.

A energia voltou, dá pra escutar o 'ooooh!' em todas as casas. As televisões prosseguem dizendo que a Bolsa foi pra estratosfera, tá rodando por lá igual nave enguiçada em sua órbita, que bom, não muda nada por aqui. Preferia que o velório da Angelina ficasse à luz de velas somente, maravilhoso como o incrível, fantástico e extraordinário anonimato da vida dela, um sofrimento tão profundo e indizível que só achou palavras no câncer, palavras médicas, pernósticas, impenetráveis e surdas como a própria doença. Morreu de um símbolo. Gente, ela dizia, todo mundo melhora, só eu não saro desta porcaria. Perdeu a compreensão de si mesma, o que é uma graça, ainda assim a compreensão suposta: sou casada, me chamo Angelina e pelejo, mas é difícil perdoar o que fizeram comigo. Era só uma dor, de face inexistente, não propriamente uma dor, 'uma ruindade: não caibo em mim, alguma coisa está pequena demais ou grande demais, eu não sei o que é. Pelo amor de Deus, gente, me leva pro hospital de novo'. Me contou, gratíssima, que o doutor a levou pra capela da clínica e ficou mais de meia hora rezando com ela. Este doutor redime, este único doutor redime para mim a bruta cegueira de todos os diagnósticos e terapias. Ele ficou segurando minha mão, disse, como se o próprio Cristo... Como se, não, porque este é o Cristo, o que nos pega a mão na hora do inominável e fica ali, sem entender também, curvado a uma vontade que suplanta células e órbitas, gemendo em cama de cruz, entregando o espírito a quem o abandonou.

IV

O fato de ser segunda-feira ajuda e muito. A roda-gigante recomeça, o parque se movimenta, carrocinha de pipoca, churrasquinho, bilheteira que só pensa em sexo, enfim, a delícia da vida servida em porções fartas e baratas para todo o mundo. Quase não tem mais, principalmente aqui, uma cidade menor, aqueles meninos pidões que não dão à gente o sossego de comer um cachorro-quente em paz. Quem me escuta pensa que, ah, não vou continuar este pensamento, pra fazer um exercício espiritual, que no caso, concretamente, é não esmiuçar o que eu disse. Ia dizer assim: quem me escuta pensa que estou na Inglaterra, mas imediatamente ficou confuso. Só de falar em porção farta e barata de comida me localiza no Brasil. Entrego a confusão à minha alma, que está em Deus e não pensa. Vi o quanto havia melhorado quando saí pra comprar esta lapiseira com a qual escrevo estes *Manuscritos de Felipa*, assim chamados porque o primeiro título, melhorzinho, *A casa que mora*, me pareceu pedante — é pedante — e pedantismo é luxo para franceses, ultimamente em baixa, eles. O texto que se escreve para ocultar um subtexto que só os muito inteligentes vão sacar, faça-me o favor. Só há subtexto em textos diretíssimos como — vou arriscar — os *loguia* de Jesus: "Ama teu próximo como a ti mesmo." Mais direto impossível, mas vai viver o mandamento, experimenta e adentrarás a cidade submersa plantada em teu peito. Põe lá o teu pezinho e mais rápido que São Pedro desistindo de andar sobre as águas darás braçadas patéticas suplicando ar. Dói tanto que a gente vai pro médico se queixar e volta com a mão cheia de pílulas e passa a viver com susto e a queixar-se até virar uma pessoa muito chata e desagradável, cheia de textos, falsazinha. Adolescente, tinha as mesmas dorezinhas de hoje — quanto a isso continuo jovem — e nem ligava, vivia como a bilheteira do parque. Melhorei, é certo, mas ver entulho ainda me oprime, sensação de cansaço, roupa suja fora do cesto, plástico grudado no barro. Talvez precise ainda mais umas duas caixas de comprimido de miligramas mais fortes. Se passar da conta ele me enrola a fala, se faltar fico com vontade de dar nas pernas da Ivaneide com a vassoura de piaçava. Meu alívio é rezar com a Alba.

V

Por enquanto não vou falar do Teodoro, não posso. Talvez não fale nunca. Estou rezando pelo menino que — tremo só em pensar — parece ter saído a mim:
— Você fala palavrão?
— Não, meu amor.
— Por quê?
— Acho feio, você fala?
— Falo.
— Por quê?
— Porque acho bonito.
— Qual você acha mais bonito? Você quer falar comigo?
E falamos e falamos até que ele e eu sossegamos, a velha e o neném de três anos. Era de se ver! Em português, sem subtexto, só o som, nada a fazer, Lacan, uma delícia, a alma experimentando deus. Hildegarda de Bingen teria coragem? Eu tive e não estou sofrendo menos por isto, ainda que, por alguma razão, me sinta mais inteira que no habitual.

Arrumei as romãs na travessa, dizendo à Ivaneide que podia pegar algumas. Penei porque escolheu as mais bonitas e maiores, as mais rosadas. Essas coisas são quase como cortar um pedacinho do meu dedo mindinho. É muito difícil dar o mais bonito. Fiz uma lista de pessoas para quem daria as romãs que a Ivaneide escolheu. Três pessoas só, e devo conhecer umas três mil. Vejo que não pus Teodoro na lista e acho que sei a razão. Acabo de descobrir em mim um pecado enorme que devo calar também. Peço a Deus me perdoe se alguma vez blasfemei e me livre de fazê-lo. Peço isto como se fosse este o último instante da minha vida: perdão, Senhor. Não estou falando desta bobagem de falar palavrão pra descarregar, não, pois até o menininho inocente precisou do recurso. Também a ele já oprimimos. Melhorei quando, pra me livrar da sensação de estar usurpada das romãs, ofereci-as a Deus em holocausto. Foi como reavê-las. Fantástico!

As moças estão desfilando com os peitos de fora e a menina observa sem parar de mastigar em frente à televisão: 'Nossa! Que penteado horroroso daquela lá!' Este é o mundo em que vivemos, gente.

Que saudade me deu de tio Micas, convalescendo de um 'ameaço de rachadura no bronze', jeito dele fugir, sem nomeá-lo, do 'ameaço de infarto' que o doutor lhe explicou ser tão impossível quanto moça ligeiramente virgem. Se visse as modelos desfilando ia nos matar de rir, mestre como é em finas grossuras. Acho mesmo que adoeceu à falta de uma carreira para seu talento bufão. Devo eu também tomar cuidados, pois sou da tribo e faço maldades mais por sofrimento, minha raiva é raiva de mim. Ninguém tem culpa de nada. Fui injusta com os franceses, mas só um pouco; se estivesse em meu perfeito juízo não me justificaria tanto. Talvez aqui esteja o motivo secreto que me leva às pílulas. Não consigo nem dizer que francês é pedante sem pedir desculpas em seguida.

Haja pílulas.

VI

Ontem à noite não tomei o comprimido, achei que não precisava, já estava tomando mesmo só um quarto da droga. Badu quis dormir aqui, achei foi bom, muita saudade do menino. Foi a conta de ajeitá-lo no colo pra ver televisão, ele dormiu, mas caí na bobagem de lhe trocar a roupa, acordou e só foi dormir depois de uma da manhã. Começou a chorar porque lhe tomei um pedaço de arame e seu bom humor vaporou-se: quero meu papai, quero meu papai, como um mantra, altamente concentrado, imune a ralhos e carícias, quero meu papai. Até ali conversara retalhos, dando risadas do jeito que ele acha que as pessoas grandes dão, passando de vez em quando a mão na cabeça, o futuro ancião emergindo, tiques ancestrais respondendo à chamada em sua vidinha minúscula. 'Vi o gato vermelho, mas é vermelho o gato que eu vi, o gato vermelho, quero meu papai, eu quero meu papai.' Graças a Deus estava espantosamente calma, em grande paciência, curiosa quanto ao final do drama. Qualquer enfrentamento recrudesceria um choro já se diluindo por cansaço. Experimentei chinesamente contornar a montanha, macia como um gato, sabida como água morna: você quer uma caixinha mágica? — Mágica? — É, toca musiquinha. Gostou imensamente da palavra porta-jóia e esquecido do arame e do pai retornou ao gato vermelho até se cansar de verdade e pedir 'faz a mágica na minha mão', uma bobagem que eu acabara de inventar pra ele dormir. Tirou caca do nariz e ficou com o dedo no ar pra que eu o limpasse 'porque dedo sujo é muito feio, né? Gato vermelho tira caca? Monstro tira do narizão dele, ai, ai', falou e riu quase dormindo a risada imitada. Eu estava muito admirada da minha paciência, uma paciência nova em mim, suspeitando ser da que sempre admirei em Teodoro e sempre me exasperou, não tinha dúvidas, a que sempre pedira a Deus. Eu a ganhara, enfim? O menino dormia, a paz era de presépio, sabia que de novo não tomaria comprimido algum. Era ótimo ser paciente, uma delícia sem preço, quase quis acordá-lo para comer mais paciência, um pensamento errado, de gulodice, vício antigo. Mas jejuei, deixei-o dormir, abri mão, como uma mulher adulta, do desejo de mais virtude. Entendi por que detestava sempre quando me diziam: 'você achou um marido tão calmo', porque não quero um marido calmo. O tom redentorista da minha família, acostumada a burlesquerias com tio Miquéias no centro, não encontrou outra palavra para qualificar meu noivo. Peguei ojeriza da palavra *calma*. Tinha inveja da Alba que brigava com o marido a tapas. Porque Teodoro não é calmo. É atento, o homem todo-ouvidos. Como Jerônimo, meu vizinho, que há vinte anos me olha sem nenhuma pressa, a mim que faz tempo não me decido entre hormônios via oral ou do tipo adesivos. Teodoro tem a atenção febril, melhor, uma imanência de atenção, uma latência dela, Teodoro é um radar. Graças a Deus não desanimou de mim, eu teria perdido o ouro. Esperou com a esperança dos verdadeiramente pacientes que a glutona do Córrego da Ferrosa aprendesse o que parece ter aprendido hoje fazendo o menino dormir. Mas alguma coisa viram em mim o Teodoro e o Jerônimo, devo ter alguma espécie de calma. Gosto muito de cantar; muitíssimo. Fico experimentando a garganta pra ver até onde vai, vocalizo interminavelmente, inventando a música à medida que canto. Ivaneide me chama: 'Olha aqui, dona Felipa, se não tá de arrepiar!' As rosas mais maravilhosas entafulhando a boca do jarro. Mais ou menos parecida a sensação de ver ela pegando as romãs mais bonitas. Mas eram para mim as flores, enfeitava a minha casa e com generosa alegria, como se fosse ela a inventora das rosas. Aquilo na Ivaneide como a paciência em Teodoro, dom inalienável. Começo a admirá-la, mais ainda, desejo imitar a Ivaneide. E quanto ao amor do Teodoro e do Jerônimo por mim, vou parar de me subestimar. Aceito-os, Senhor; como graça Vossa. É o lado horrível que herdei do povo de minha mãe que ainda me faz fingir de mendiga. Não pago mais este tributo. Chega.

VII

Não sei se porque fiquei brincando com o menino até tarde, me deitei feliz sem tomar a pílula, sei que dormi muito bem e sonhei me vendo em apuros à beira perigosa de um mar, devendo salvar muitas crianças, algumas recém-nascidas. Alguém me ajudava, uma menina maior, minha filha? E uma outra, esta, minha filha mais velha, que chegou por último. Estávamos sendo resgatadas por helicóptero, um dos pilotos nu. Onde lhe nascia o pênis e à volta do ânus a pele grotescamente espessa, enrugada e vermelha, parecia um porco, ele todo, um porco branco. Eu chamava o que via de 'a animalidade dos humanos'. Um outro nu, uma mulher, para mim uma alemoa bondosa, tentava ajudar-nos perigando ser levada pela correnteza. Gritava-lhe para que se agarrasse a paus, se cuidasse, até que, safando-se, me abraçou com carinho. Sob meus olhos o cabelo louro dela grudado na cabeça molhada que ela apertava contra meu peito. Todas as crianças se salvaram, nós todos. Salvos os bebês, me havia com as roupas sujas deles sem sentir nojo. Houve ainda uma perseguição de carros com tiroteio dentro de um braço de mar funcionando como estrada, os carros se perseguindo dentro de um canal. Acordei ótima, sem estranhar o mundo, nos eixos. Eixo é uma palavra perfeita, não propriamente bonita, mas, como palavra é sentido, esta tem apenas o que chamaríamos beleza interior; consolo dado a mulheres feias e bondosas, idéia e consolo enganosos, porque beleza radia e o que radia radia para fora, ou estou delirando? Vou acabar descobrindo que eixo é uma palavra bonita por dentro e por fora? Azeite. Vou pensar muito não, pra não gerar confusão. Estou no eixo, isto é, funcionando sem estranhezas para alegria ou tristeza, rima e solução; mais ou menos no 'tanto faz' daqueles santos meio estranhos, esquisitos e inteiros como o macaco da historinha que acharam pulando felicíssimo em seu galho:

— Macaco, sua mãe morreu.
— Ah, é? Mió.
— É mentira, macaco.
— Mió ainda.

Se minha mãe morrer vou ter escrúpulos de falar: melhor, ou melhor ainda, porque não sou perfeita, não sei conversar sem adjetivos, ainda não sou essencial. Ser humano, mais que parecer um porco, é adjetivar. Somos um adjetivo de Deus, damos a Ele a qualidade criadora e, portanto, somos-Lhe essenciais sem o sermos para nós mesmos. É assim ou não é? Falar é bulir em vespeiro, criar zoada e confusão. Badu riu, ele, um menininho, quando lhe adverti: não bole nesta latinha, porque aí tem remédio pra matar barata. 'Remédio de matar? Mas remédio não faz bom pra barata, não?' É uma lógica perfeita, no entanto... Com palavras se criou o mundo, este que está morrendo delas, ou melhor, de inanição de palavras, morrendo de insignificância. Melhorei incrivelmente, vou aproveitar que estou sozinha, fechar a porta do quarto e num volume maior que o habitual vou dançar *Menina veneno* até a roupa me grudar no corpo. É melhor que ficar dizendo graças a Deus, graças a Deus, com escrúpulos de não estar bastante agradecida. O demônio adora me pegar por esta fraqueza, me fazer cismar que não estou bastante agradecida. Mas eu estou, seu filho de uma égua — ao demônio se pode xingar, não é? —, porque eu continuo querendo xingar. Quem sabe sou igual a Floripes na ginástica? Vou xingar e meu exemplo é Jesus Cristo que repreendeu a Satanás com toda a autoridade. Eu também quero, com toda a autoridade que me confere o nome de Jesus, em quem eu creio, falar com o peste enquanto danço: afaste-se de mim, dar-lhe uma boa banana. Você acha, seu ordinário, que sou sua queridinha, gozando anunciar eternamente que estou em 'uso de remédio'? Aqui procê, ó. Estou usando é o nome de Jesus, da raça de Davi, o nome do Leão de Judá. Tomou?

VIII

Não está mais aqui quem falou ontem como uma perua empinada: não pago mais tributo à tristeza herdada de minha mãe, da 'marroíce', como diz Teodoro, referindo-se ao lado quaresmal da minha família, OS MARROIOS, um povo de chorões, bons pra se juntar num vale, fundar sozinhos uma cidade cercada de muros altos, chamada com propriedade Vale de Lágrimas, objeto de visitação para turistas, os tais que alçam brejeiros mundo afora suas malas repletas. Tio Micas está abatido, a enfermidade lhe tirou o rompante. Tia Augusta ficou alegre de repente, daquele alegre suspeitoso, que soa como sobreaviso. Trouxe doces para Teodoro e lembrancinhas para mim, Noêmia, Bárbara, Rosa e Marcela, assim mesmo, com nossos nomes escritos, dizendo-se felicíssima por todas a chamarmos de madrinha. Na verdade só eu sou afilhada desta irmã de minha mãe. Sofre irremediavelmente porque lhe escapa a razão de seus transtornos e parece imprudente que ela perceba agora a raiz de sua amargura, agora que seu corpo paga severamente. Estamos em celebrações natalinas e meu desejo é marroiamente chorar sua alegria traída no pisca-pisca da árvore, no barulho insuportável da enceradeira, esta, na minha casa, onde também tem luzinhas, velas acesas e eu sem coragem de bater um bolo sequer, de tão cansada, um cansaço que só parece aliviar-se num choro de horas sem interrupção, sabendo que devo dar graças, pois minhas cismas eram infundadas, meus exames foram muito bons, graças a Deus, e Breno voltou são e salvo do bendito do *kart*. Só tenho os dedos cheios de bolhas, uma inapetência cósmica, e a tentação antiga, a de estar num mosteiro. Mosteiro, não, eremitério, lugar sem gente. Entendo Marcela: 'Não suporto mais ver o...' Não vou falar de Marcela, falo de mim, que dá na mesma, somos como gêmeas, empacadas, tristes, pesadas. Paro aqui também, percebo que serei muitíssimo injusta com ela e comigo mesma. Bárbara falou de nós que somos duas malas sem alça, uma expressão perfeita, tão perfeita que Noêmia começou a rir. Eremitério, a palavra lembra cemitério. Deus, que embaraço, não quero a morte, estou triste porque a vida, a que vejo, não parece viva, a azáfama que eu quero é a que neste momento acontece na casa da Rosa. Bárbara e Noêmia estão lá, fazendo enfeites, copiando as músicas para cantar no presépio. Não fui, por causa das bolhas e do cansaço. Isto me resume: cansaço. Estou cansada de excessos, parece. Odiar excessos me faz cometê-los em série. Quero trocar minha geladeira por uma pequena, só água, leite e pronto. Fora com o *freezer*, com os armários repletos, o guarda-roupa entulhado. Vou propor um bazar da pechincha, pagar as pessoas para carregarem aquelas vasilhas de plástico cheias de divisão, difíceis de lavar, trastes, micro-ondas, peguei preguiça, todas as peças dos importados de um e noventa e nove. Quero jóias, do tipo que os nazistas guardaram num banco no Brasil e foram achadas agora. Um rabino ficou furioso e fez um discurso sobre o genocídio do grande povo judeu. Já começo a achar esses discursos antinazis parecidos com os discursos do PT em favor dos oprimidos, os oradores não parecem mais crer no que falam. Sou nazista, sou opressor, sou oprimido também. Confesso e alguém acredita? Queria as jóias pra mim, primeiro para olhar; segundo para escolher. Jóias modernas são horríveis, parecem poesia concreta, obras de hábil artesão. Não gosto de artesanato, quero beleza, preciso dela como preciso de ar. Bárbara me critica e no fundo estava com muita vontade de brigar com ela, graças a Deus não briguei, pois, ó Senhor, depois de cantar como só ela, emocionada e feliz, Bárbara ficou doente, está agora fazendo um monte de exames. Quero chorar mais, e tenho razão, é minha irmã, é quem mais dá graças em nossa casa, a que mais canta, a mais forte e corajosa. A mais feliz? Só engulo metade dessa bola, Bárbara é a mais cansada de nós todas. Avisei pra todo mundo que não faço almoço hoje, 'por causa das bolhas'. Quero ficar a sós com a Babai, ver se aquela cabeça-dura me escuta e aceita que tanto quanto eu e Marcela está sofrendo, está frouxa, precisando descanso. Somos três cabeças-de-pau. Senhor, me convença de que devo amar-me, levar a sério a mensagem que saiu para mim nos docinhos natalinos preparados pelas meninas da Noêmia: "Há uma criança dentro de você pedindo colo e carinho." Para Bárbara saiu: "Dê graças!" É o que ela mais fez e faz na vida. E adoeceu? Estou confusa, culpada por me dares saúde. Mas as mensagens foram sorteadas, ó Deus inescrutável, clamo por Jesus, que, sendo Deus como Vós, chora como eu de medo, embaraço e angústia.

IX

Teria de nove a onze anos a menininha que o pai levava num carrinho de mão, com as pernas amarradas por ele à altura dos joelhos ou dos tornozelos, não sei precisar. Era penoso que o carrinho desse pequenos solavancos. Estuprada, deixava-se levar com os olhos e a boca dos chocados, meio abertos, olhando sem ver para lugar nenhum. No pai, mais que ira, compaixão e pena. Cuidava da menina, era com ela que se ocupava e queria ficar. Ao alcance de nossa vista e correndo, ainda abotoava as calças o moço estuprador, ao alcance de sua vista e da minha. A menina consentira, eu pensava, e qual não consentiria? Com que forças afugentar as sucessivas ondas do embriagante calor que as mãos e a lança em riste do moço provocavam? Coitadinha, raciocina o pai, e tanto mais sofre quanto mais compreende, pensei. E o moço, bem, o moço era um moço, como impedir-se naquele quartinho, onde achara a menina adormecida, obrigada, depois que lhe morrera a mãe triste e esquisita, a acompanhar o pai aos locais de serviço? Por isso o pai não matava o moço e se compadecia da filha, tomado de compaixão pelo agressor também. No entanto a certeza: foi ele, o pai, quem depois amarrou as pernas da filha. Por que este sonho agora? Há três dias passo muito bem, sem a sensação de 'fora do eixo', me reconheço em meu natural. Retomei as atividades, o prazer boçal de ver e criticar bobagens na televisão. Saí com a Alba, não lhe contei o sonho, às vezes cansa muito falar. Depois eu conto. Estava meio tristonha, seus hóspedes chegaram, prevê infernal trabalheira, mas tem ainda escrúpulos em admitir que preferia não viessem todos de uma vez. Ilude-se dizendo que alegram a casa, coisas assim. Mas quem sou eu para insistir com ela, justo agora, com braba tendinite. Uma coisa é certa, tendo ou não tendo razão em minha análise: a cara dela está triste e não é só tendinite, não. Pressinto razões mais fundas. Rezar julgando ver no outro equívocos que não vê é meio esquisito, parece de extrema presunção. Ainda assim, insisto, Alba está enganada em algumas práticas que julga ser a vontade de Deus, desse jeito, reduzido, mesquinho e fanfarrão como um novo-rico, um deus que na hora H se vinga em tendinites, conjuntivites, corpo cheio de perebas. Um pouco como a Alba, Luiz racionaliza em série, camuflando com grande sofrimento e peso para si seus verdadeiros motivos. E eu? Eu, que presumo ver o outro com tamanha clareza, onde me cego? O que Alba, Luiz e principalmente Bárbara vêem em mim que eu não vejo? Ultimamente Alba e eu fomos repetidamente advertidas pelo cego de Jericó: "Senhor, que eu veja." Babai se ri um pouco dessas coisas, acha nós duas, como sempre achou, 'esotéricas demais'. No entanto, é um fato: por quatro vezes seguidas nosso surrado livro abriu-se ante nossos olhos fechados no mesmo grito do cego: "Senhor, que eu veja!"

Alba ainda acredita que há pessoas santinhas. Santinho é demônio em férias. Quero ver em mim o que julgo ver nela e no Luiz. Paga-se um grande preço, ainda assim quero ver. Contudo, como fez o pai com a menina no sonho, ó Deus, trate-me com ternura. Como fez o pai, foi o que eu disse? Eu disse pai? Sois Vós o pai? Começais a amar-me? Mas por que as pernas amarradas? Agora vejo e não ando? Vou sair com a Alba, vou com ela ao que chamamos de Horeb. Acho que lhe conto o sonho. Me vem com muita força um sentimento: não exclua, seja como Deus, não exclua. Não tem nada a ver com contar ou não o sonho, trata-se de outra coisa, muito grande e difícil.

x

Quando um homem fala à sua mulher: é bom escutar galos cantando a esta hora e ela responde eu também, é porque de fato casaram-se. Tudo perde o gume e o veneno no cristal dessa paz, transparência conseguida em sobrepostos anos de peleja.

Sabia que não e ainda assim perguntei: está sentindo tristeza? Tristeza, não, disse Teodoro rápido, com medo de eu aproveitar e começar um discurso sobre o Vale de Lágrimas. Se enganou, pois não ia fazê-lo, queria só entender o que se sente quando os galos cantam longe e mudamos o tom da voz pra falar como ele: acho bom escutar galos cantando longe a esta hora. É alegria, então? — Alegria? Ainda com medo de que achasse motivos para lágrimas, obrigou-se a dizer: alegria também não é. — Melancolia? Ainda se protegendo, disse não. É nostalgia, afirmei, achando muito bonita esta palavra infreqüente, criada para mim que amo chorar sem culpa.

É antes da criação que o galo canta, vem do futuro, de depois que o mundo acabou. Você da janela contempla, contempla, porque é um não-ver com os olhos, folhas brilhando coroadas de gotas, você se lembra de tudo, porque nada sozinho se apreende no entrerroçar das folhas. O que sobrou do mundo? Galho de roseira no papel de seda, o risco de um bordado. Copiamos as rosas, por isso nos chamam artistas. Causa admiração quem desenhou sua rosa igual à que ninguém fez, a rosa mortal e divina, a que veio antes desta com assinatura e data: Clotilde Marroio, 15 de maio de 1940.

Teodoro adivinha, mas de qualquer jeito se engana também, é só nostalgia, a tristeza permitida, perfeita, se incluir — outra vez o sentimento: não exclua — a doença de Martina, a viagem de Luiz pra descansar e Vitória com os exames na mão, 'logo agora o sistema de saúde suspendeu o mais caro. Graças a Deus que fiquei velha, começo já neste mês a receber minha pensão'.

O que sobrou do mundo? Rosa já desmontou o presépio. Babai voltou a cantar, está preocupada com Marcela, que chora diariamente e não come, enganando-se com pão e café quente. Se ofereceu pra dormir com Martina. Bárbara seria mesmo a mais forte? Dei graças, queria mesmo descansar mais, ficar a sós com Teodoro, que está quase dormindo, é na fímbria do sonho que ouve os galos.

Eu quero tocar em Deus, por isso lhe toco as costas de modo que não acorde. Faz muito tempo que estou no mundo, a colcha, os pés da cama, a porta fechada, a bilha d'água, e... de repente é fácil, é só respirar, não há problema nenhum.

O soro deixou hematomas no braço de minha irmã. Vida, o que és? Cadeia de alto luxo com só uma porta sem trincos.

Não parece a oração de um simples a oração de Ana pedindo a Deus um filho. Engano meu, a dividida, pois não foi castigada.

Concede-me chorar, Deus de Ana e meu. Não estou mais nostálgica.

XI

Hemorragia é forte palavra, falo dela assim, com o adjetivo antes, pouco usual para nossos costumes. É Montes Claros, e não Claros Montes que se grafa sem que nos peje, a não ser nas poesias. Sulai queixou-se de hemorragia, é jovem, de nervos à derme, certamente deve disciplinar-se. Antes brigaria comigo à insinuação de desordens emocionais. Não briga mais, aprendeu cedo. Quanto a mim, só tive inconsciente depois dos quarenta anos, uma iluminista ridícula. Escrevo ridícula e vejo que 'nervos à derme', sinceramente, foi grande coragem, parece francês, sugere lençóis de cambraia, leques, saia bufante e escarradeiras de louça.

Visitei Martina e não é à toa que citei a peça antiga, por acaso não foi. Peguei o tempo dos urinóis, das privadas secas, do banho de bacia e da expressão corrente 'água servida'. Só estas agruras me desanimam quanto à Idade Média, que, pelo sabido, não é flor que se cheire. Quanto ao mais, ficaria nela à vontade, teocêntrica e glutona, monja e cortesana. Que bom escrever assim, meio errado, uma palavra aqui, outra ali, próclises, elipses, até que vire um dialeto desconhecido, um orar em línguas. Trabalho pela elisão, palavra que nunca usei, estou arriscando. A julgar por elipse, só pode ser exclusão, supressão, uma limpada. Me incomoda um pouco não conhecer todo o português, tenho sempre a idéia de que engano as pessoas que me julgam letrada. Pois sim, ou pois não, que dá na mesma confusão. Não disse? Pego as palavras no palpite, nunca deu errado, porque só falo do que dói e grito todo mundo entende. Quando caio em tentação, sempre acho que peco quando escrevo. Deixo Teodoro ler alguma coisa, de vez em quando. Ele fica com a mesma cara de quando me pediu em casamento. Então é bom, não é? Uma coisa tenho muita vontade de fazer: pegar o dicionário e, começando do *a*, ler todas as palavras pra anotar quantas eu conheço. A que mais me incomoda não é nenhum palavrão, é o *que*. Uma professora no ginásio falou, repetindo alguém: "o *que* é a muleta do estilo". Nunca mais esqueci e até hoje fico catando os *ques* que escrevi pra ver se posso capinar algum. Desde 'pego' até 'algum' escrevi quatro *ques*, todos necessários. Preciso muito de ligaduras; espantada, explicativa, pergunto sem parar, conquanto seja silenciosa, com tendências fortes a mudez e jejum. Conhecer outra língua ajudaria bastante a me curar da que falo. Daquefalo! Qualquer língua ao final é Deus falando, por isso nos escapa tanto, só se mostra ao desfocado olhar da poesia, à sua densa névoa, quando tudo suspende-se ao juízo e apenas cintila, em vapores d'água, orvalho, vultos movendo-se em neblina. Você pressente e teme porque a beleza é viva e te olha. Chama pelo nome ao que a procura. Eu quero falar, falar até entender, até ser perdoada, até ser transformada. No céu tem conversa? Eu preciso falar, é minha necessidade mais primeira, porque amo silêncios e o mistério, que me derrota e me salva. Se Alba quiser vou ao Horeb com ela contemplar mistérios. Podemos fazê-lo caladas ou não. Deus provê. Ah! Tem a revoada que não posso esquecer. Mistérios sobre mistérios.

XII

Não dá para saber direito, em todo caso, o mundo me parece mais verde, pelo menos em Ferrosa. Me lembro daqui com árvores, depois desmatado, agora verde outra vez. Isto é certo, os passarinhos aumentaram. Os ecologistas não vão gostar — como os comunistas, ao menos os que pregavam na minha escola —, adoram más notícias. Os olhos deles faíscam anunciando queimadas, córrego poluído, filmam com imenso gosto pobres catando restos no lixo. Pra mim são como aquelas freiras apresentadas ao remédio contra a lepra: e agora? Como exerceremos nossa caridade? Como os apaixonados por animais que falam estranhamente ressentidos na fidelidade dos bichos. O que eu faço com fidelidade de cachorro? Que pobreza! Acho o Greenpeace engraçado, aquele navio grande com pessoas saudáveis atacando baleeiros, pescadores de camarões. Pelo menos os pescadores estão trabalhando. Questão de fé, não creio neles. Creria mais, plantassem cebolinhas em bacias velhas. Não é preciso pirraçar, se deitar na rua pra os policiais carregarem. Os governos vão cuidar de tudo na hora certinha. Rico entende de patrimônio. Se não cuidarem, o planeta morre, o que não é necessariamente mau.

Radical como Joana, a ponto de gostar mais de Mozart que de passarinho, ainda não sou, gosto dos dois, como gostará quando lhe chegar a idade. Mas é sobre a revoada que eu, bem, sobre a revoada, estávamos em casa só eu,

Teodoro e Breno vendo corrida, quando começou, ali pelas onze e vinte. Eram sobrevôos, chilreios, pipilos, rasantes, sobes e desces sobre o lote vago cercado de muro alto. Vem ver, Teodoro chamou, devem ser uns quarenta. — Só pardal? — Não, tem sabiás no meio, umas quatro qualidades de passarinho. Tinha armado a escada no muro e olhava admirado demais aquele despropósito feliz. Perguntei bobamente se era bicho morto no lote. Você já viu passarinho fazer festa em carniça? — É o quê, então? Sem responder apontou o casal de sabiás que descansava do outro lado do muro, me dando um lugar na escada. Produzia alegria a revoada, tanta quanto era gratuita, espantava muito, que será isto, meu deus? Será algum aviso?, acudiu minha herança mórbida. Me lembrei da revoada de cotovias quando São Francisco morreu e me envergonhei logo: onde tem alguém aqui como São Francisco? Entreguei a Deus meu pequeno cuidado. Fosse o que fosse, AQUILO ERA ALEGRE E FELIZ. Estávamos como meninos vendo pela primeira vez a lua cheia nascendo, felizes, felizes, só felizes. Breno veio ver. Excelente qualidade!, falou. Teodoro recolheu a escada com pena. Já vão embora, disse. Mas enganou-se, os sabiás voltaram ao muro e recomeçou tudo. Teodoro recolocou a escada: eles não estão comendo nada no chão, não tem tanajura no ar, nem enxame de nada, estão só voando, mais nada! Sobrevoando, Breno corrigiu com propriedade, pois era um vôo circunscrito sobre o lote vago. Que coisa! Ficamos ali aproveitando até que, pelas quinze para o meio-dia, se foram de verdade. Não posso me esquecer da revoada. O que foi que você falou? Teodoro quis saber. Disse que não posso me esquecer da revoada. Será que um dia saberemos a razão das coisas? Por que um bando de passarinhos resolve, sem ser por comida, defesa do ninho, ameaça externa, sobrevoar um lote vago que só tem capim alto e alicerce abandonado, produzindo felicidade em nós? Ontem abri uma caixa de bombons, selada de fábrica, e lá dentro tinha um pedaço desembrulhado e mordido. PUXA VIDA! Que espanto! Rebeca ainda observou: olha o sinal dos dentes! Acabei de comer mais um. Fosse uma mulher mais refinada, ao menos pra minha idade, tinha jogado toda a caixa fora. Não joguei e ainda ofereci pra todo o mundo, incluindo crianças. E se alguém quis se vingar da vida e mordeu o bombom pra transmitir doença? Meu Deus, não tive coragem de 'desperdiçar' os bombons. Me arrependo de verdade. Peço a Deus, tendo Ele nos dado a graça da revoada, não deixar os bombons terem nada de ruim e tudo não passar de brincadeira de um funcionário bem saudável. Livrai-nos do mal e a mim desta mania de economizar onde não devo. Achar uma revoada daquelas mau preságio e não jogar fora uma caixa de bombons que já vem com um mordido? O ser humano é um espanto. Sou espantosa.

XIII

Nem especialmente alegre ou triste se precisa estar. Ocorre como os chamados movimentos autônomos do corpo. Sem aviso me apanho cantando: "...Atestam-te os meus olhos rasos d'água a dor que a tua ausência me causou..." São preciosos registros, farelos de ouro, retalho de pano bom. Me levanto para guardar, botar no cofre, certamente em vão, têm natureza de nuvem, passam. Você olha, acha bonito, mas segurar não pode. Sofro por causa do meu espírito de colecionador-arqueólogo. Quero pôr o bonito numa caixa com chave para abrir de vez em quando e olhar. Inda sonho muito com jóias de desenho especioso. Faz dias esforço-me por lembrar da cançoneta que amava cantarolar para um neném, me vinha o ritmo, o breque e a direção de seu minúsculo enredo, mais nada. Só veio quando quis, e, claro, com grande alívio para mim:

Vi dois siris jogando bola
Vi dois siris bola jogar
Minha vovó me dá bāezinho
Minha mamãe me dá mamá

Queria cantar de novo este *opus* em que colaborei com a metade final, porque sua inconseqüência me descansa muito, fruto da irresistível atração e poder que sobre mim têm os recém-nascidos. Sei que preciso ainda chorar rios de lágrimas, ser lavada em perdão, pra dizer o que disse sem resquícios de dor, a da espécie que entristece a alma.

Parei de comer carne e doces por um mês, esperando de Deus recalcada porção de outra comida. Me privo há quatro dias e até agora só gotas do grosso rio demandado. Será a tentação de novo se rindo à minha custa? Que importa a Deus o peito do frango, a lingüiça dourada, o medalhão ornado de batatas, o doce pastoso, sua massa à terracota cheirando a nata e rapadura? Importa e muito, porque estas coisas me dizem respeito e no momento é o que posso levar como oferenda ao altar dos holocaustos. De outras vezes voltei atrás coberta de razões: vão me faltar proteínas, açúcar é energia, acha você que Deus troca bênção por lingüiças? Não arredo pé, estou como raramente me apanho, me sentindo um homem: não como, não como e não como. Cada um dá a Deus o que pode. De minha parte é isto, este prato caprichado com molho de especiarias. Assim, como depositar alimentos sobre túmulos. Os mortos não comem, mas comem, sim. Ainda que os passarinhos carreguem, os gatos, ou mesmo que apodreça, sei que devo oferecer-lhes comida, quero dizer, a Deus, para que algo aconteça e se desate. Posso enganar-me quanto ao bem que espero, sabe quem me fez. Tudo macerado dá uma colher de essência, o dever de amar sem exclusão, numa vida em que para mim só queria pessoas como Teodoro, Jerônimo e um outro que pus de molho para testar se agüenta a água sanitária que lhe despejei por cima. É mesmo impossível amar o Silvino como amo o Teodoro? As empregadas também suscitam ódios. Me vem a idéia, a contragosto de mim, de que inventei o sacrifício das comidas para alegrar-me com empregadas e Silvinos, os que, com apenas duas filiais, inauguram em suas lojas o 'retrato do fundador'. Será esta a graça que minha alma suplica com "gemidos inefáveis" e, confundida, cega que sou, me ponho a pedir isto e aquilo?

Gemidos de amor dizemos e não erramos, dói o amor em quem ama.

Geraldo ignora a espátula que ponho à sua frente e passa manteiga usando a faca de pão. A ele também devo amar e ao velho que parece se gloriar de sua tosse e não pára de fumar e ritma com seus acessos a madrugada que desejo silente. Estremeço! Gloriava-me do meu sincero amor e disse alto para ser ouvida: só um coração de pedra não ama recém-nascidos. Minha boca não se fechara e a luz, a que precisa das trevas, acendeu-se, lembrando-me do meu crime. Só eu percebi, execranda e nua.

Vi dois siris jogando bola
Vi dois siris bola jogar

Antigamente não prosseguiria, hoje prossigo, cantei até o fim, aceito que sou humana. Nem preciso do auxílio do diabo citando de novo a Bíblia para me afastar de Ti, Pai Santo: "...O sacrifício que aprecio é o coração contrito e humilhado..." Este, Senhor, já me deste; agora, por favor, aceita, agora que me encorajas, aceita que me prive de carne e mel em Teu louvor.

XIV

É como achar na calçada objeto de valor o descobrir sozinho certos porquês. Não se pode mesmo chamar dedo anelar ao dedo de pôr anéis, é anular que se diz, devido à origem da palavra, pois vem de ânus, o anel por excelência, meu caro Uóxinton. Isto me distancia imensamente da Margarida, que jamais o descobriria sozinha. Não por falta de inteligência, mas porque a ocupa com caminhões de areia, fazendo de sua prosa uma grande praia sem mar, sem o encanto e os perigos do deserto: '...Está lá, agora, a maior confusão, só missa de sétimo dia ele ganhou quatro, em igrejas bem longe uma da outra, porque as cunhadas não queriam se encontrar. Gente que foi na matriz não pôde abraçar a viúva, nem os filhos, nem ninguém. É o morto mais sem missa que eu já vi. Tudo por causa do lote. A lei não deixa pôr nele a placa de *Vende-se*. O inquilino que tem oficina nos fundos não paga nem assina acordo...' Teodoro quis interferir, colaborar com informações legais, Margarida não deixou, foi até o amargo fim da história cheia de lotes, apartamentos, contas no banco, ódios avaramente degustados entre missas e novenas. A um pequeno fôlego, já no fim, Teodoro, que só prestara atenção na parte jurídica do cipoal, disse, com didática precisão, das medidas necessárias para se colocar a placa no lote. Foi quando Margarida completou: mas agora a placa já está lá.

— Por que você não falou no começo da história que não

podia mas já pode? Olha aqui, Margarida, se você vai me contar que alguém morreu, por favor, não comece pela doença ou perguntando se me lembro dele, essas coisas. Diga logo, o fulano morreu, depois, SE FOR O CASO, dê os detalhes. Ela não ficou com raiva, porque Teodoro falava brincando e ela tinha feito um café muito bom, era domingo e a lengalenga, até que, de certa forma, bem, estávamos ali pra visitá-la, gostamos dela. Mas se Teodoro não a interrompesse, era capaz de eu, muito despistadamente, ficar lendo a *Revista da TV* dando palpites só pra marcar presença, expediente de pouca valia, no fundo estava sofrendo por causa do Hermínio que morreu brigado com as irmãs, dos filhos dele que tomaram o partido da mãe contra as tias e, principalmente, principalmente porque não estavam juntos na missa. Isto me desconcertou, morte que não abranda os corações, a missa como uma placa de *Vende-se*, um cartão de visitas, valendo menos que um telegrama de pêsames. Tudo me serviu para corajosa decisão, corajosa porque zelo muito por minha imagem diante de Deus e da humanidade em geral, estendendo meu zelo aos que amo, vigiando se um irmão se lembrou do aniversário do outro, dando mil disfarçados jeitinhos para que se lembre por amor de deus e telefone, ô canseira. Já posso fazer isto agora, é um prêmio, pois o filho se esqueceu do meu aniversário e fiquei normalíssima. Mais: fiquei feliz! Foi uma coisa nova. Ele não se lembrou e o amor resistiu vigoroso, vitaminado, desembaraçado, caminhando a pé. Mais amei o esquecido. Por isso tudo não vou telefonar à

Zuleide pela morte do pai. Não o fiz na hora esperada, fazê-lo agora é pagar tributo à lei que não respeito, é aceitar que, enquanto falsamente me agradece, me chame sem-coração, grosseira, índia pegada a laço. Nada disso eu sou. Quando a sabedoria da vida providenciar, perguntarei de todo o coração: Zuleide, você já se acostumou sem o seu pai? A filha dela, a neta do morto, vai me criticar, mas ela própria, a quem pude cumprimentar, não queria falar de óbitos, queria cigarros, recomendar a melhor clínica pra se ter um bebê, enfim, falava sinceramente do que lhe ia no coração, exatamente como desejo fazer. "Que os mortos enterrem seus mortos" não é para os parentes do Hermínio, que acreditam em lotes e etiquetas como em pessoas vivas. É para mim que acredito nos mortos e assim o compreendo: ô Felipa idiota, vá cuidar da vida.

XV

Hoje é o penúltimo dia da novena. Não há como não fazê-las. Durante nove dias me obrigo a fazer o que mais gosto: rezar e rezar e rezar. Não se perde o fio da meada. É a uniquíssima coisa deste mundo onde não tem erro nem cansaço. Quem diz 'rezei até cansar' não rezou e não sabe do que fala. Ninguém precisa me ensinar: Felipa, a gente reza de todo jeito, dormindo, andando, botando leite pra ferver, conversando com paciência com gente inoportuna e pouco inteligente como o Alcino Maia. Eu sei disso, imagina, fica falando na frente da mulher dele, magra de ranger, que sou roliça, não pinto cabelo mas passo batom, por aí. Dá vontade de bater. Mas não é dessas rezas, cruz de todo dia, que eu falo. Me refiro a entrar num quarto e de porta fechada falar tudo, mas tudo mesmo com Deus. Relatar como um servo fiel a seu amo, não, como um filho ao seu pai, sem esconder nada: Pai Santo, ao Senhor que me fez e sustenta e me deu a tarefa de carregar por Vós uma parte do mundo trago minha alma e — ô palavra perfeita agora — derramo-a diante de Vós. Fiquei triste, Martina está muito doente, encontrei lá suas filhas, entardecia, o quartinho era muito pequeno, e à cabeceira com os remédios, no papel colado com durex, números grandes de telefones, uma desolação que vencia a televisão com suas novelas, a televisão apagada. Um caldo quente, mãe? Um suco? Uma banana amassada? Parece que engoli uma folha e ela parou aqui, ó, ela disse com olhos tão fixos que emudecemos. Pai, nossos pais adoecem e nos olham como se fossem nossos filhos, como se pudéssemos. Noêmia precisava dormir, levanta cedo todo dia, Rosa tinha dor de dente e a casa em obras, cansadas e aturdidas. O cachorro assustou-se, era o Vicentinho carregando o botijão de gás num carrinho, por baixo de um colchão novo. Eu teria tanta vergonha, que coragem a do Vicentinho, todo mundo vendo! Quem compra gás assim é só gente precisada, gente que não sabe que as lojas entregam os colchões nas casas. Eu carregava balaios quando moça, as colegas de escola admiravam-se, até as pobres. Mas era por esperteza que o fazia, por estética, imitando as gravuras campestres dos calendários de parede, tirava o maior lucro, porque os moços me olhavam. Não era como o Vicentinho, meu Deus. Estou chorando por causa da Rosa ter dor de dente e o pedreiro que arrumou é desonesto, deu prejuízo a ela e fez serviço ruim, ó meu Pai, ajuda a gente, me dá a coragem de me oferecer pra ficar com a Martina pras duas descansarem hoje, abranda meu coração. Menti a Teodoro sobre ir à livraria, meia mentira, porque até fui, queria mesmo é passar no judeu pela milionésima vez e pedir pra ver o que ele tinha. Medalhões de prata, gargantilhas, regateando comigo mesma: só a corrente. Não, a corrente e o anel. Não, só o anel e o pingente. Pensei em desistir, mas tenho prática, ia ficar trincando de saudade da medalha, criei coragem e deixei meio salário mínimo lá, sem remorso, uma verdadeira novidade. Passei direto por um aleijado e uma anã, achando que cinco reais para cada um eram demais. Queria fazer coisas sem a consciência de fazê-las, como meu pai. Era assim ele porque nunca ia ao cinema? Seus atos, pelo menos quando não estava em frente de mulher, eram atos puros, sem enfeite nenhum. Eu nunca me livro, será meu natural o saber que não o sou? Pois mexo os olhos segundo uma idéia de como mexer os olhos. Sou mais humana que ele? Mas mexer os olhos de maneira inconsciente é bastante animal, mas não é também aí que somos mais felizes? Correr, andar, nadar, comer, foder. Posso falar esta palavra para Vós, copular seria de falsidade insuportável e o Senhor lê nos corações, estou é rezando, não é me livrando das inconveniências do Alcino Maia, que neste momento tem todo o meu amor. Não me custa acreditar que o Senhor o ama tanto quanto a São Francisco de Assis. Quem sou eu pra desprezar o Alcino, não o desprezo, só acho ele difícil. Parece que está tudo certo agora e concertado, assim com *cê*, tudo fazendo parte de um *opus* para o qual não acho um adjetivo competente. Hoje é o penúltimo dia da novena, peço por Martina, seus filhos e por mim. Agradeço de todo o coração este bem-estar que me envias, apesar do sofrimento que me rodeia. Um bem-estar tão grande que vou pegar um filme. Certamente vou sentir fome. Vosso rosto, que não vejo, não é severo, só vejo Vossos joelhos onde apóio minha cabeça, pondo todo o meu peso sobre eles. Está chovendo muito, sinto pelas estrelas, impossíveis neste aguaceiro, pelos que moram em caixotes debaixo dos viadutos. Mas nem eles, nem eles hoje me entristecem mais. Aconteceu alguma coisa. Hoje é o penúltimo dia da novena, Pai querido, me sinto em casa, isto é, ora, o Senhor sabe. Teodoro diz que não pode ver minha nuca que o coração dele aperta. Sou o Vicentinho da vida dele, não é? Acho que fica com vontade de chorar igual a mim quando vejo o Zé Lúcio enfiar as mãos nos bolsos como se fosse de couro seu casaco de napa.

XVI

Martina morreu ontem. Há anos portanto. Ou nem existiu? A massa de cimento que lhe fechou o túmulo está ainda fresca sobre os tijolos e me esgoto por lembrá-la e compreender. Tudo me é oferecido menos isto, entender. Chorar posso, ainda não como preciso, no deserto, defendida de ouvidos e olhares, como cigarra canta, chorar até que me trinquem os ossos, como um destino, o cumprimento de um papel. Senhor, tende piedade de nós e a resposta era a tosse, a secreção inextinguível. Senhor, ouvi-nos, e respondiam olhos fixos e fala confusa. Mais alto, Martina, fala mais alto, o que é que você quer? Queria luz ao meio-dia, todas as lâmpadas acesas. Onde é que dói, Martina? Não dói? O que é, então? 'É só uma ruindade, quero água. Quero uma azeitona, tem? Quantas horas? É só isso ainda? Álvaro trocou o carro, já sabe? O neném da Rebeca é bonitinho? Ela tem empregada pra ajudar? Ainda bem. Três visitas de uma vez eu não quero mais, não, ó meu Deus. A fábrica não apita mais, é ruim sem o apito. Quantas horas? Quatro? Nessa hora eu já estava de pé, eu, a Clotilde, a Maria Vitória, ficamos na tecelagem muitos anos. Soou o alarme.' Hein? 'O alarme.' Falava da sua "Hora da estrela", visitas multiplicadas, uma cadeira especial, exames horrorosos — e inúteis. Martina, você vai ficar boa. 'Ah.' Quer que acenda a luz? Quantas horas? Não sei, e menti que era mais tarde. Quer rezar a Mão Poderosa?

É para ficar de joelhos? Sossega, vamos nos ajoelhar, este barulho da chuva é bom, não é? Vai refrescar "...Na difícil situação em que me encontro, valei-me, Mão Poderosa..." Martinaaaa, você não escuta mais, não? Que será de mim que ainda não morri e tenho tanto medo? Protejo-me de secreções, cheiros me atormentam e não sei se, como você, cuidaria de não sujar o travesseiro novo.

Mas ele se sujou, Martina, os travesseiros se sujam. Vômitos são protestos. Contra o quê, tão abundantemente, você protestou, Martina? O que tanto quis dizer e escapou-lhe em montanhas de lençóis? Nunca soube que nossas entranhas nos sabem? Estão em Deus como seiva nos caules, a seu modo vivem, explicam e purgam a vida que se vive, inocentes salvam a razão orgulhosa, corpo bendito, entranhas de misericórdia. Seu rosto ao fim nem era mais seu, esculpido rosto mineral, andrógino, infantil e velhíssimo rosto além do rosto, máscara sem fraude que de tanto doer ultrapassava-se: '...Estou preocupada com a Vivina, podia tanto conseguir uma casa popular, tem tanto filho a coitada... Será que deram comida ao cachorro?'

Rosto de Cristo o rosto de Martina, o vero rosto, mais que na Santa Mortalha, oferecido à minha compaixão. Era só olhá-lo e compreender, tudo é mistério, ponto final. Cada resposta engendra vácuos novos clamando por novas luzes e sempre assim, sem termo. É preciso tocar em Deus e Ele escapa, não ali, não assim, quando o agonizante suplica: me senta, me deita, quero água e alguém se curva sem magoar-lhe os ossos, a pele transparente, e cola o ouvido à sua fala trôpega: estou com sede, queria muito dormir. Agora percebo, o diabo peleja contra mim, sua armadilha é a compaixão negra, a tristeza sem esperança, a comida envenenada que me serve como um amante irresistível, quer me impedir de chorar e receber perdão, acena para mim com um choro melhor e mais perfeito que o choro dos meus irmãos. Senhor, piedade, há crianças à minha volta que não sabem da morte e precisam da vida pra sabê-lo, querem leite, colo, histórias de "Mamãe Coelha e seus dez filhinhos", fábulas, racontos, o Livro Sagrado: "Aquele que crê em mim, ainda que esteja morto viverá." Ah, vai-te, Satanás, não me atrapalhes de viver, escolho Cristo na cruz, seu rosto macerado é o de Martina, olha, Príncipe da Soberba, minha escolha está feita. Meu choro é pequeno e manso.

XVII

Não gosto de ver Teodoro falar ao telefone com a voz alterada de afetos, me dá aflição, ele não merece nem precisa disso. Tem caráter, estofo suficiente pra falar com reis sem baixar o tom. Fica parecendo tio Micas que interpela balconistas com a maior cerimônia, pigarreia antes, por favor, se não for incômodo, sou leigo no assunto, mas onde fica o guichê dos aposentados? É mais ou menos assim quando Teodoro compra alguma coisa por telefone, passa telegrama fonado ou precisa falar com o gerente da loja que a cadeira veio com uma perna descolada. Gosto de ver Teodoro falar como eu acho que ele falou durante todo o tempo em que viajou com o Metz e ficava só mandando umas fotos apaixonantes com roupa de couro, cachecol e boina, igual nas fotos de solteiro, preso pelos pés na ponte e fazendo careta, vestido de cigano no baile de despedida, fumando três cigarros de uma vez, enfim molecagens que me punham sem ar, amarrada nele como uma cadelinha. Eu não sou burra. Será minha companhia que rouba a Teodoro o que mais quero nele? Pode ser, mas também pode ser coisa de infância que ataca de vez em quando, mãe brava demais, pai rigoroso, 'pede bênção, pede desculpa, pede licença'. Eu saí da mesma farinha, mas sou mais... mais o quê? Sei não, só sei que não gosto de ver Teodoro assim, conferindo as passagens a toda hora, o número da poltrona, feito eu. Feito eu, estão vendo? Em todo caso despisto melhor, dou pinta de citadina: dá pro senhor abrir o bagageiro de novo? Preciso tirar de lá um embrulho que quero levar no colo. Isto é a morte pra Teodoro, acha que estou incomodando o motorista, atrasando a viagem, que devia ter olhado antes, prestado mais atenção. Já descobriu em quais poltronas — do lado direito do ônibus — se abre o vidro por inteiro. Só ele descobriu em nossa casa o modo da tetrachave entrar macia na fechadura e como colocar o trinco na porta da cozinha sem ficar enjambrado. Breno saiu a ele, emocionante toda a vida, move os dedos igual, é raro quebrarem coisas. Outro dia fiquei alegre demais, a gente via televisão e surpreendi Teodoro 'mal sentado', com 'má postura', fiquei tão feliz que comemorei. Estava tão jovem daquele jeito relaxado. Prefiro ele com 'má postura' e relaxado, a 'bem sentado' e tenso, deus me livre. Queria que ele 'soubesse' *rock'n'roll*, nem precisa dançar, só 'saber', e mascasse chicletes, não, é um pouco demais, mesmo em viagem, feito eu. Queria que ele usasse *ray-ban* verde, fica insuportavelmente bem na cara dele, e roupas íntimas de grife, é muito bonito o Teodoro, mas não tira partido. Pensando bem mesmo, acho que prefiro assim. Tirar partido depois de certa idade dá efeito contrário. Quando mocinha, queria ver meu pai sem chapéu, feito o Caraza, um homem muito bonito, colega dele de oficina, que não carregava guarda-chuva, igual artista, era preciso coragem, puxa vida! Retrato do meu pai com vinte anos, vestido como um velho, paletó, gravata e guarda-chuva, na frente daqueles cobertores que os retratistas usavam pra fazer fundo. Meu filho de quarenta anos parece ter vinte, roupas tão bonitas, cabelo só lavado e sem unto. Se eu ganhar na loteria, o pai falava, vou contratar dois negão pra dar uma surra no seo Bertino e mergulhar a cabeça num barril de glostora. Sempre estava devendo ao seo Bertino que, nem por ser nosso vizinho de porta, amolecia nos juros. Seo Bertino e o cheiro enjoativo da glostora, indefectíveis para nós naqueles tempos, como toucinho, feijão e farinha. Nessas horas nos salvava vingando-se do agiota e nos matando de rir, seu modo de não usar chapéu e guarda-chuva. Teodoro diz que tenho mania de reformar as pessoas, é muito esperto. A boba sou eu.

XVIII

Seo Honório não existe. Imagina, trouxe hoje um pacote de leite para nós. Leite no pacote! Fosse ao menos leite de fazenda, uns quatro litros bem medidos pra se fazer um doce, um mingau de milho, mas não, um pacote de leite de padaria! Isto porque Teodoro descobriu, da nossa cozinha, que uma telha dele estava quebrada e foi lá consertar, por esporte, gosta desses servicinhos e do papo do seo Honório. Sempre dá lucro, leite, quiabos, quatro mangas e três chuchus, esses agrados. Gosto de ver Teodoro como um gato no telhado do seo Honório, consertando a antena dele, uma velharia que só pega duas estações. Do telhado faz caretas pra mim, fica parecendo, acho que por causa da cara que faz, quando a gente namorávamos, conforme diz ele — bem errado, para quebrar a emoção —, e copiava trechos do Tristão de Ataíde para mim. Escreveu e me dedicou, sem nunca ter lido o livro, uma fábula igualzinha à do *Pequeno príncipe*. Eu fiquei tão admirada e guardei tanto que até sumiu. Dava minha aliança de casamento em troca daquelas folhas de almaço com a letra do Teodoro. Um dos personagens, tinha certeza, era eu, emocionante. Gostaria de ver Teodoro longe de mim. Cismo que por minha causa ele não é um artista, que ocupo espaço demais. O Metz foi quase grosseiro: pare de acocorar a Felipa, Teodoro, compre uns pincéis, umas tintas, vai cuidar de você, ô cara... No fundo achei bom saber que não só eu vejo os talentos do Teodoro. Quero seja esta a minha penitência nesta quaresma, abrir espaço, ficar invisível, falar baixo e por último, coisa difícil porque falo alto e desde que aprendi a falar decorei coisinhas pra recitar na sala de visitas. Mas o meu lema é 'Pelejai', tem tudo para dar certo. Tristão de Ataíde era 'escritor católico', deve ser ruim ter um rótulo assim, escritor católico, artista operário, cantor cego, poeta bancário. Artista é artista e pronto, católico, cego ou bancário vale tanto para a arte como ter dente encavalado, lábio leporino, ou ser bonito de doer. Artista tem que ser artista, tem que fazer coisas que as pessoas vejam e digam: meu deus, como que eu não vi isto! E é só. Minha dificuldade com chapéus, glostoras e guarda-chuvas que eu relatei ontem ao me lembrar do pai e do Caraza é porque eu gosto ao mesmo tempo de tudo, e tudo na mesma hora me dá enfado, saudade e vontade de chorar. Tenho dificuldade em ser histórica.

XIX

É inacreditável, porque mesquinho na natureza, estúpido na qualidade e ínfimo no tamanho, o episódio que me pôs do jeito que me pôs. Ah!, esqueci de acrescentar humilhante, por causa da minha idade. Teodoro tem esta coisa de deixar cair gordura na roupa. Fico muito doida, descontrolada mesmo. Chegávamos de viagem, eu já me felicitando porque o 'deixara' ir com aquela bendita calça — inadequada a meu ver — sem falar nada, sem nenhum comentário. Não quero mesmo ser daquelas mulheres que arrumam o marido como se arruma filho pequeno pra passear. Durou pouco. Antes mesmo que desfizéssemos as malas descobri o ponto mais escuro, a uma chave da braguilha, manteiga, a mancha ainda quase úmida. Deixa eu lavar esta merda, falei com a voz no torniquete. É só entrar em casa e você vira um demônio, ele disse. Pelo menos naquela hora era verdade. Sentia uma irritação perigosa, aumentada porque em vez de ele me mandar calar a boca ou me dar um safanão foi trocar a calça. Isto eu não agüento, ser obedecida pelo homem a quem preciso e quero obedecer. Teodoro ainda não entendeu que tenho necessidade do veneno e do travo dele. Perdi a fome e imediatamente veio a sensação de uma coisa me amarrando. Minha espinha se curvou, o sol no meio do céu e tudo escuro, nunca existiu Mozart no mundo, nem J. D. Salinger, nem "Diadorim é minha neblina". Era tão triste um bairro anoitecendo que vimos da janela do ônibus, tão triste, as luzes nos poucos postes, nas casas sem reboco com antenas de televisão, a lembrança de Martina morrendo, sua preocupação em manter os basculantes fechados fosse o tempo que fosse, o filho dizendo sem o vibrato na voz que tanto me alegra: 'eu sei, mãe, sei que esta bolha no lábio é de fundo emocional', sua cabeça baixa, ô meu deus, a comida ruim na estrada, talheres meio engordurados, o sexo como um esforço, o pensamento de que com aquela chuva era perigoso o ônibus derrapar e sermos todos esquecidos no espaço de um dia. Deus, a viagem inteira, esta é a verdade, esforçando-me por saber se estava feliz ou não. O filme do naufrágio trabalhando contra mim, tenho medo de admitir a intensa poesia do céu pejado de estrelas sobre o oceano escuro, o silêncio aterrador, silêncio de mar calmo.

Santo Antônio, Santo amado,
Poderoso intercessor,
Me livra do medo errado,
Me dá o temor do Senhor.

Inventei de aperto. Terça-feira passada foi de grande valia para mim a lembrança de que Santo Antônio é poderoso e tem o dom dos milagres. Me apeguei com ele, lembrando graças antigas, a maior delas sendo a de que vivia integrada, esta é a palavra, eu era pertencente. Gritei com Teodoro, foi o medo que me fez gritar. De verdade, não me importo que lhe caia manteiga na roupa, estou apavorada é de existir num mundo onde a morte existe e corta meu canto no meio, diminui meu hausto, me faz respirar pior, com as costas encurvadas, com medo de levantar os olhos e o céu estrelado não ser mais consolo. Não estou bem. Escondido de Teodoro, que sempre acha que devo adiar os remédios, mastiguei o comprimido para funcionar mais depressa. Não adiantou, foi como nada, olhos abertos, a trava, o buraco, a raiva, o perigo. Alba parece tão bem, empreende coisas, seu mote agora é Deus nos dizendo Eu te ajudo. Me disse que lhe aconteceram vários milagrinhos estes dias e o maior de todos: deu conta de dispensar os péssimos serviços da Climéria, que ainda lhe deixou um cartão, objeto de variadas leituras: 'Para a Dona Alba, agradecendo o tempo de purificação que passei em sua casa. Obrigado por tudo.' Tudo concorre pra me confundir, as palavras sendo o que há de pior. E é delas, ó meu Pai, é delas que necessito. Não me deixe sem palavras. Não me basta contemplar, necessito ouvir o que vejo, ainda que um vocativo, uma vogal alongada até a rouquidão. Ouvi-me, Senhor, ouvi-me, Senhor é igual a: calai-me, Senhor, serenai meu coração. Ter tido dezessete anos uma vez e acreditar que céu era eu na campina com o moço não foi ilusão, não é ilusão, é sonho, seiva da alma, certeza de viver para sempre: Pertenço, sou vossa, fizestes o mundo e a mim, meu pé não resvalará.

Santo Antônio, Santo amado,
Poderoso intercessor...

A salvação se serve da memória: "Deus que vos dignastes alegrar vossa igreja com a solenidade votiva de vosso servo Antônio..."

"...Porque venceu o Leão da tribo de Judá, da raça de Davi..."

É como entrar num mar de segurança e conforto, a vaga me banha toda, começando do peito. Vou abrir o livro pra você, Alba disse, vai ser onde o meu dedo bater: "...Naquele dia levantarei a cabana arruinada de Davi..." Abdias, um profeta que só tem duas páginas, promessas de restauração... Estou respirando melhor, o falso cinto de segurança liberou minhas costas e só me servi de palavras. "Meu vingador está vivo." Oráculo do Senhor.

XX

Envelheço para trás, idéia consoladora, porque envelhecer para trás é voltar ao começo, ao lugar ageográfico onde iria casar, ter filhos, uma casa com coisas minhas, quinquilharias de que poderia dispor como bem entendesse. Tudo se cumpriu, não apenas meus seios. Ninguém tira do lugar, por inadequado que seja, o quadro, o jarro, o relógio, sou a dona, governo a combinação dos legumes, decido entre carne e peixe, desembarco na plataforma onde uma mulher, sem se preocupar se a alça do sutiã está aparecendo, anuncia ao mundo: sei como se aquece uma casa. Contudo me ronda, com desassossegado apetite, o demônio da tristeza, ronda à minha cata, à cata do mundo, certamente aliciando mulheres como eu, nos confundindo quanto a hormônios, palpites na criação dos netos, minando com maestria os muros do castelo. Da minha seteira predileta assisto-lhe o incansável esforço. Às vezes se descuida, porque é vaidoso, rabo e chifres aparecem. Aproveita tudo, o maldito, pra me tirar do sério, convites pelo correio oferecendo inscrição em Clubes de Terceira Idade, pacotes de turismo para casais maduros. Os encantatórios ele esconde: o livrinho almanaque sobre doenças de senhoras, que eu lia escondido, sutiã que costurei a mão, o coração aos pulos, como se transgredisse. 'É preciso levar a menina ao médico, pode ficar anêmica', tia Madita ajudando a mocinha sem mãe, ignorante do que fazer com a cachoeira púrpura lhe manchando as roupas, lhe passando vergonha. A morte era real, não dava medo como agora que virou ficção, oráculo, palavra, que virou deus. Certamente nos acomete a todas este arrepio, este fundo no plexo quando os peitos secam, o útero dorme e uma fadiga de que nem nos damos conta provoca os que nos rodeiam: você está com muito má postura, o que é isto? Sabemos do que se trata: chegou o futuro. É aqui, nesta esplanada deserta, com três edificações escondidas como casamatas, uma igreja, uma empresa de turismo, uma clínica de repouso. Você sobe a um promontório onde a areia é mais firme e olha em volta o deserto. Não mudou nada em sua alma, contínua de infinitos desejos. Dura o tempo em que se percebe: se não vier o pastor, a ovelha tresmalhará.

XXI

Hoje foi de chorar. Chegaram as fotografias das férias. '...menina saindo do mar entre gaivotas...' Escrevi isto uma vez, quando minha experiência de mar era um calendário de parede e não tinha cisma de me fotografar. Hoje, porém, com a quaresma em meio, tenho um fato objetivo para meditar. Objetivo lembra a objetiva da excelente máquina do Teodoro. Pois é. Estou num estado interessantíssimo. Era para estar muito triste e não estou, o que está acontecendo? Primeiro o susto: eu estou assim? E a compulsão de rasgar e pôr fogo. Mas comecei a rir, Rebeca também, pedindo a foto pra ela. Aconteceu outras vezes, com a diferença de que agora não rasguei, não fui bruta, fiz diferente: levei pra um canto solitário e olhei bastante o retrato, mas bastante mesmo, antes de me decidir sobre o que fazer. Foto dela e dos outros que desabone a estética Joana rasga mesmo, ou põe fogo, faz sem culpa. Eu fico sempre na peleja de saber se posso, se devo, se é certo, se é errado. Fui olhando, olhando, 'enfrentando de frente', como dizia um nosso presidente, enfrentando e pensando: mas o que é mesmo que aconteceu comigo? Alguém me explica? O mundo continua no lugar? Será que a moça do *studio* ficou com o negativo? Não tinha ficado. Quem sabe fez um postal pra ela, pra se divertir à minha custa? E daí? Daí, azeite, seis décadas é mesmo divertido, eu pensei. Alba diz que nós duas somos do sexo passado, vai gargalhar se chegar a ver o postal, porque é de uma feiúra engraçada, não é a velhice bonita que me ficou na memória, da mãe de um pintor famoso. Com certeza aí está meu sofrimento. Não estou com os cabelos enrolados num totó — como devia? — nem de óculos — como era de se esperar —, estou com as pernas de fora e os cabelos cortados. Valha-me, bênção divina, que feiúra e não estou muito feliz, nota-se o constrangimento no modo de eu disfarçar o perfil indeciso do braço e agora vem: aquele modo típico do tio Micas ficar em pé, fruto de uma projeção errada da coluna que me desperta pensamentos perigosos, não posso brincar com eles. Não encolhi a barriga, fiquei preocupada com o braço e não encolhi a barriga. Tudo lá, a manteiga, o macarrão, o molho picante, tudo que a artistinha de dezoito anos e manequim quarenta e dois apregoa que come sem restrições. Quero ver ela daqui a quarenta anos. Não é praga, só quero conferir se a desdita — perdão por esta palavra — é sina de todo o mundo ou é só para algumas. Será que ainda aparece um modo de não envelhecer? Caí na bobagem outro dia de falar com o Teodoro que não me importaria de morrer, se fosse igual a Elias, o profeta, arrebatado aos céus num carro de fogo. Taí, ele disse, beleza, então você já topa viajar a Medjugorje? Não era de um avião em chamas que eu estava falando. Acho que sou necessária a Teodoro, para sua mortificação, para a salvação de sua alma. Ele gosta de mim, bênção divina, ô milagre!

Cortou nossas duas caras da foto horrorosa e deu à Rebeca. Pus o que sobrou na bolsa, mais tarde quero olhar mais, bastante, até me acostumar, dar graças de todo o meu coração pela vida até agora com saúde bastante para andar na bicicleta que ele acabou ele consertar. Tirante quando me olha, Teodoro tem a vista ótima, graças a Deus.

XXII

Será que se o Jerônimo visse a tal fotografia continuaria me dispensando seus olhares confortadores? Deixo de ser branca pra ser franca: acho que sim. E, se ele que só me vê em roupa de passeio ou de feira não ia desanimar, menos desanimará Teodoro que me conheceu em dias gloriosos e sabe, por sabedoria inata, que a verdadeira eu pode ser sacada quando ele quer, imortal, imune às vicissitudes do tempo. 'Vicissitudes do tempo', ó palavras, como me salvais. Eu velha sou bom mistério, porque é o impossível, o improvável acontecido. Eis-me como tia Madita, vovó Bibina, como tia Salô, como não ficou minha mãe, chamada ainda tão moça às "campinas do céu". Tudo é graça, como descobriu Santa Terezinha, também nos verdes anos colhida. É muito bom, em certas horas, narrar à Casimiro de Abreu, descansa à beça 'nos verdes anos colhida...'. Por que alguns morrem cedo, outros no meio, outros velhíssimos? Cada um experimenta uma porção do conjunto a que chamamos a humana vida? E o natimorto, o abortado, Martina, que ao final dos seus dias perguntou: até quando? Escrevo o Livro de Jó, sem a coragem dele, sem a brutalidade que o catolicismo me roubou. Que pena, pois preciso dela para não mentir a Deus. Quero ser sincera até o cerne, mas parece impossível, revelar-me assim é quase como mentir, vai-se às franjas da soberba, joga-se com a demência. Devo controlar-me. O moço precisa descansar, faz quatro anos não tira férias. Eu tirei e voltei mais cansada, pois fui passear no mar que me oprimiu até os ossos, ouviu bem, Jó? Até os ossos. Vi dois navios parados muito longe que se iluminavam à noite e me punham nostálgica, a mim que tanto amo navios e até penso em escrever um livro com este nome: *Navios*. Vamos tirar retrato? Onde vamos comer? Quer caminhar à noite ou de madrugada? O ar cheirava a um único peixe frito, antipeixe, antimúsica, antipraia. Silêncio só depois das quatro da manhã, quando as caixas de som racharem no Quiosque do Bamba, cerveja e samba. O menino chorou muito, vamos pra nossa casa, ele pediu, quero brincar com o Fabinho. O velho parecia Picasso, os mesmos olhos escuros, de ponta a ponta da praia, com sua tanga, esbelto o velho e não me alegrava. 'É o cacete', dizia para o marido a mulher raivosa. Querem canonizar Anchieta, não precisa, não vai mudar o lugar dele no céu. Enquanto isso os protestantes levantam tabernáculos com as mesmas lonas das sombrinhas de praia que eles não freqüentam. Não vestem sunga, não fazem *topless* e parecem mais felizes, os fundamentalistas. Combinaram entre si que a vida é dura e não é uma carreirinha na praia que vai mudar as coisas, por favor. Amam — agora sim, sem palavrão — o cacete do Pai, gostam de apanhar. Serei no fundo uma fundamentalista, quando quero apenas ser fundamental? Até hoje sacudo areia da roupa. Disse um Graças a Deus tão entusiasmado quando avistei Ferrosa que o rapaz disse: Que é isto, Felipa, foi só um passeinho no litoral, parece que tá voltando da China. Percebi que exagerara, podia ter ferido pessoas que se divertiram com tanta humildade. Tenho razões a desfiar também em meu favor, ó estimado Jó. Não agora. Deixa sair toda a areia.

XXIII

Melhorei demais, graças a Deus! Também hoje é segunda-feira, a engrenagem volta a funcionar. Mula de olaria, útil e mansa, a vida é cama de sonho, e morte é para uma vida melhor que esta que já está passando de boa. A Edméia amanheceu atacada, coitadinha da Valdemira com seus dois filhos doidos. Vem atrás deles limpando as mãos no avental, perguntando com toda a educação se vimos o Arsênio, se a Edméia não nos incomodou. Converso com ela sem sair do prumo, consigo incorporá-los. Isto é a saúde voltando, não é mesmo? Sexta-feira passada foi mesmo da Paixão, percebo melhor agora. Não fiz nada demais, penso, mas devo ter feito, a julgar pela reação das pessoas. Assim que acordei, falei para o Teodoro por três vezes seguidas e sem pausa: tenho que fazer comida tenho que fazer comida tenho que fazer comida? Meus exames deram todos ótimos e a tristeza não sai, só quero chorar, chorar. Não sei se escutou até o fim, só o vi de novo pela meia-noite. A Cleonir chegou com o menino dela e só aí comecei a perceber que me transtornava. Ela não conversa, só responde, eu não começava, sabia o perigo de desmargear. O menino cantava sem parar:

O motorista-ta
O motorista-ta

Bateu no poste-te
Bateu bateu!

Era um inimigo poderoso, não o encarava. Pediu 'cotatola', fiz que não escutei, cantava batendo a colher na mesa, a colher de pau que eu peguei pra fazer um bolo com Rebeca, também me estranhando. Juntou os filhos e se foi. Você vai se machucar, e tomei a colher do menino. Não lhe dei um biscoitinho até a Cleonir lhe falar: agradece à Felipa pra gente ir embora. Quando se foi, Noêmia telefonou perguntando qualquer coisa sobre como arrumar altar para uma estação da Via-Sacra, exatamente em frente à casa dela. Me animei um pouquinho: 'ah, põe só uma cruz sem flores'. Babai falava, 'é, gente, tem mais jeito não, os pecados estão vindo à tona, por isso está tão horrível'. Objetivamente participávamos nós três de um equívoco completo. Consolei Noêmia se desculpando porque sua menina não viera à procissão, a menina estava certa. Um vizinho botou alto uma música de pagode e todos nós, os piedosos, mordemos a isca, olhamos para o alto do prédio à cata do herege, como se fora sagrado o que fazíamos com nosso carro de som retumbando sem descanso pais-nossos e ave-marias sobre fitas gravadas, nós, os católicos, outrora tão elegantes. Os pecados estão vindo à tona, furando as sobrepelizes, boiando ao sol, não dá mais pra enganar. Bárbara estava certa, a querida Babai. Queria fugir dali, mas era bom caminhar de braços dados com minhas duas irmãs. Noêmia tinha cara de choro, havia sonhado com

Martina dizendo: 'não encontrei ainda os meus parentes'. Gelei. Como será depois da morte, dessa que ninguém quer enfrentar? Vamos dar uma paulada nela, foi como traduzi em resposta a gritaria do locutor: 'Décima quinta estação, Jesus ressuscita dos mortos.' Que falta de sossego, Via-Sacra só tem catorze estações, Bárbara falou por nós, a ressurreição é domingo, gente, que pressa, que agoniação, hoje é pra chorar com vagar e calma. Falava da boa tristeza, falava de contrição, não do meu espasmo de afligido mental, de quem carrega bicho feio encravado no pescoço. O ministro começou uma leitura de quatro páginas e nem era ainda a Leitura da Paixão. Pretextei que não tinha almoçado e deixei as duas, fui chorar em casa o desgosto que me tomava.

XXIV

Fiquei doente. Nestes dez dias só fiz olhar minha língua no espelho, tomar meu pulso, perguntar se não estava amarela demais. Tive medo. Larguei filmes no meio, jornais, queria o quarto, a cama, queria minha mãe morta há quarenta anos. Os últimos momentos de Martina, voltando vívidos, acusatórios, não me davam descanso, tinha grande culpa no seu sofrimento. O doutor me deu antibióticos, afinal meu corpo sofria, não mente o medo radiografado, a névoa alvacenta no pulmão esquerdo. Pobre doutor, fez o que sabia, eu querendo falar de Martina e do meu remorso por não ter ficado todas as noites com ela, que — descobri já no fim — tinha medos horríveis mascarados com informações cediças: 'A noite custa tanto a passar pra gente sozinha, não é mesmo?' Você faz o que quando perde o sono, Martina? 'Acendo as luzes todas e fico andando pela casa, chego a tomar café umas três vezes, pensando no meu povo que já morreu, não sinto um pingo de medo.' E era só o que sentia, medo, medo e mais medo. Eu dizia idiotices, por que você, em vez de dormir de dia, não guarda o sono pra de noite? Pergunta estúpida, porque de dia os ruídos bons da vida a protegiam, buzinas, imprecações da Zulmira com os cachorros, nesgas de sol no quarto, era seguro dormir. Quando se é sozinho e doente, a noite é a cova, nem todos os cobertores do mundo valem uma só mão humana. Por que você não deixa o sono pra de noite, Martina? — Hein? Já vai? Vai não, fica mais, vai não. Olha, Martina, quer que eu deixe a luz acesa e a televisão ligada? O número do telefone é este aqui, ó, este bem grande. Tem biscoito no pote e café novo na garrafa, tá bem? A quem peço perdão por ter medido meu amor? Um pouco na garrafa, um pouco no pote e outra pequena porção em letras bem grandes no número do telefone, 'porque eu estarei às ordens se você precisar de madrugada'. Não precisou, se foi sem tocar em nada. A quem peço o perdão que necessito como de ar? Também tenho tido pesadelos e, ainda que os justifiquem as bulas dos remédios, sei de onde eles nascem, conheço a paternidade dos monstros. E como fazer agora o que não fiz? Onde está, meu Deus, o lugar da expiação para que eu me cure? Na praia, o chefe de uma família de mendigos pediu a Teodoro: 'ô moço, tira aqui uma fotografia da pobreza'. Sou eu a pobre agora, a desvalida que tem máquina de tirar retrato e não tem um lugar para chorar até secar as lágrimas. Expatriada, como Martina à noite no seu quarto estreito, pago cada centavo da minha falta de amor, da minha boca dura, do meu braço duro, olhos desviados dos olhos que suplicavam: 'fica mais um pouco'. Ó Deus, meu Pai, se não estiver louca, certamente um castigo tão grande vai curar-me, ó força que me flagela, "não te deixarei ir até que me abençoes", quero voltar a respirar sem dor. Quando Teodoro tirou o retrato do mendigo ele não creu e disse: fingiu que tirou, não é? Teodoro não fingiu, muito menos Vós que dissestes preferir ao jejum o coração humilhado e prometestes a Davi tornar mais puro que a neve seu coração de adúltero. Pois aqui estou eu em humilhação e dor, pedindo misericórdia, força para enxergar no vale das minhas sombras meus pecados ocultos. Não amei Martina, quero amá-la agora, sei que posso, pois Vosso outro nome é Vida.

XXV

Deus me abreviou os dias tormentosos. Me pôs em maio. Estou em maio. Tenho olhos de novo para moitas floridas margeando a estrada, a mesma onde há pouco Teodoro me levava tentando me reanimar. Abelhas, poeira, um pouco de frio e a luz que só com inocência se descreve: 'hoje fui com minha mãe na casa de vovó Bibina. O dia estava azul-claro e o sol também era amarelo-claro. Minha mãe levou só eu, porque o Luizinho queria colo e ela estava com pressa de chegar por causa do meu pai querendo que ela ajudasse ele a trocar telhas no quartinho de guardar serragem. Tinha duas moitas de uma flor amarela no caminho que minha mãe não deixou eu pegar por causa da pressa. Ela falou assim: ô mês bonito que é maio! Vovó Bibina estava rezando, mandou eu esperar lá fora pra eu não escutar a conversa e ficou cochichando com minha mãe. Com certeza estavam falando de tia Salô. Quebrei um galho de gerânio e fiquei cheirando e mastigando ele enquanto olhava as galinhas. Na volta a mãe estava mais calma, mas mesmo assim não teve sofrimento de me esperar catar as flores. Em casa acendeu uma vela para Nossa Senhora do Perpétuo Socorro falando assim: bem que eu podia ter deixado você fazer o ramalhete'. Ramalhete!? Era minha mãe quem assim falava? Nunca deixava ver seus brincos de diamante. Pra ela não ralhar comigo e eu perder o amareluz do dia, fiquei muito calada, gozando na sabedoria o caro acontecimento de ter razão na frente de um adulto. Ô mês bonito que é maio! Maio que volta e traz minha mãe, meu pai, vovó Bibina e minha saúde que nunca acabarão, porque o destino do que é ou foi é para sempre ser. Uma vela não se finda, vai para o lugar onde se formam os maios e os meninos, para onde vão os que chamamos mortos. Tudo retorna na "luminosa estação". Purga-se para mais vida o que vive, por isso dói às vezes o grande corpo de Deus. Meu pai afunda as mãos na serragem, catando e pondo num balaio os abacates maduros. Vovó Bibina abre o livro na mesma página encardida. Escrevo sem a prancheta, sem almofada às costas e o que não falta é tempo para apanhar as flores. Eterna é uma palavra doce, é terna.

XXVI

Quem olhar, mesmo sem lentes, ainda pode ver as ranhuras que o bicho me deixou na nuca, na altura da tireóide. Dói um pouco ainda quando engulo, tusso, abaixo ou levanto muito a cabeça. Não é exatamente inteira como me sinto. Há bons sinais, contudo. Hoje me deu vontade de bisbilhotar na Reverie Jóias como faço sempre quando estou bem. Estou fazendo como Joana descobriu com grande êxito: Senhor, me dê paz para os próximos quinze minutos. Como fazem os AA, não é mesmo? Tenho recaídas esquisitas. Hoje, por exemplo, acordei implicada com pão de queijo, com grande antipatia desta quitanda que nos faz autocomplacentes diante do país: pão de queijo? Ah, porque você não conhece o que minha tia faz... Chatura, prefiro ser de Santa Catarina, um estado sem pão de queijo e casario barroco, só tem uns vales maravilhosos e um sujeito engraçado que se ri de nós dizendo que não ficamos doidos, apenas nos manifestamos. Tem razão, ando mesmo meio manifestante, pois de onde tirei a idéia de feto grávido? O que é isto? Agora não vou pensar, vou recolher uma a uma algumas belas filandras e lhes inventar serventia. Afinal, o que toda a vida quis foi uma ocupação manual, tocar piano, por exemplo, fazer dobraduras de papel. Harpa paraguaia, nem pensar, pois não falo de saraus para menopausadas beletristas, audições de pessoas que-se-não-tivessem-se-casado-teriam-feito-excelentes-carreiras. Estou detestando pão de queijo e canções napolitanas cantadas por tenores famosíssimos. Chega dessas duas formas de não pensar no destino humano. Ah, o espírito de Minas me abandona, tem suas vantagens, claro. O perigo é não me reconhecerem mais, pior, não me reconhecer eu própria. Um restaurante chamado Porta do Céu e um barco com o nome de Rumo a Jesus me fazem pensar duas vezes antes de me habilitar ao que se prestam. Teodoro falou uma coisa alinhada de perfeita: 'a vocação é um afeto'. Em compensação o dicionário explica: "Solidônia: erva humilde..." Por que 'humilde' com respeito à solidônia? Exijo um dicionário acadêmico, a restauração da decência desta palavra enjoada. Poeta é quem tem de falar para nós se a solidônia é humilde. Foi a coisa mais engraçada que já vi até hoje num verbete, fora os pés de página da Bíblia, que às vezes são de acordar a ira de Jeremias. Um barco se chamar Deus Dará já é bonito, sugere bênçãos para boa viagem e pescaria. Não entro em restaurante com o nome de Kumilão, ou Santa Pança, só por castigo. Tenho passado tanto apuro que aprendi: não diga nunca esta bunda é minha, nem isto tens. Me dá grande consolo descobrir-me em extremada pobreza, depois de eu não ser mesmo nada e não ter nada de meu, Deus há de vir com entranhada misericórdia e me parir de novo, onde a primeira vez me pariu, no lugar das borboletas, no cerrado, no paraíso onde me movia só temendo lagartixas, sobreassustada com a beleza do mundo, lendo pra tia Madita sua novena perpétua:

Jesus, nós vos pedimos
Por vossa morte atroz
Que a luz da vossa face
Resplenda sobre nós

Tinha algo errado na reza que invocava a 'Fortaleza dos Martes', mas não sabia entrar em argumentos com tia Madita, acreditaria no livro, não em mim. Meus sofrimentos são antigos, minhas alegrias também, arcaicas estas, pois já entendia, por obra e graça do Deus que me flagela, que Sua morte atroz é a fortaleza dos mártires, isto é, existe um Deus que é mistério, e por entre frestas de palavras erradas atende à oração dos pobres. A quem iremos, Senhor? Quem dá o que tem não é mais obrigado, ensinava tia Madita. O que eu tenho Vos dou: acaba de me curar, Pai Santo.

XXVII

Tudo que existe conta. O excluir pertence a Deus, o Abscôndito. Portanto encaro com surpresa, curiosidade, mansidão e alívio o que me tem acontecido, com medo, é certo, de me gloriar de meus pecados, uma forma equivocada e sórdida de aceitação da minha história. Tenho certeza de que interesso a Deus, minha platéia perfeita. Aos meus iguais, quando me queixo, muitos temem que lhes interrompa a novena, o mais atento tem o que fazer. Até eu mesma às vezes me canso de repente, despisto, não conto o resto, interessada no vestido da Alba, comprou três, todos do mesmo modelo. Orador e ouvintes tão ordinários, como ficar trágica? É tudo mais que razoável, bom de viver. Amanheci boa como quando estive adoecida de paixão por Jonathan, comprometida a ponto de nem aparições celestes desviarem meus olhos de sua figura silenciosa e sem carnes. Faz dias lhe servi um café e observei sem dor que era só um homem com um relógio, óculos e uma mulher gentil. Um pouco melancólico, ó Felipa, mas diga a verdade toda, libertador também. Só perdi o objeto, a paixão continua à cata. Passaram aqui as relíquias da Santa e quase briguei com a Alba quando liberou sua porção protestante: quero mesmo é a experiência pessoal com Deus, só vou lá para levar minha irmã. Ia dizer uma coisa para lhe regular a arrogância, mas não disse, agüentei como um adulto. Alba procura com reto coração, devo-lhe esta justiça. Tem ainda que está se tornando cada dia mais católica, pois comprou de uma vez três vestidos sem manga. Teodoro está feliz, hoje não me queixei de nada e amanheci cantando, queria ser cantora como Babai, que só precisa gostar mais de si mesma para embasbacar os ouvintes. Sofre como Alba de baixa auto-estima, ao contrário de mim que necessito sempre de uma poda. Hoje estou dando conta de lidar com as dificuldades do tio Micas e Zé Lúcio sem chorar e sem me sentir culpada como a Clarinda, internada de novo, se achando responsável pela seca do Nordeste. E é. E somos. Dizer isto pra ela agora seria crime ou curava de vez? Deus sabe e aproveito que estou bem corajosa para dizer a Ele: quero a verdade. Nem mesmo Rebeca me tirou do prumo com o recorrente 'o que se sofre na infância deixa um buraco difícil de encher'. Difícil, não impossível. E quanto a enchê-lo é tarefa do lesado. Parece injusto, mas não é, Jó aprendeu a duríssimo preço, mas arou seu terreno. Senão poderíamos, a humanidade toda, parar com tudo e dar caça a Adão, porque atrás de um buraco vem outro mais negro e maior, engolidor de galáxias, minha filha. Tenho que perdoar minha mãe deste umbigo mal curado, é meu único e definitivo momento como ser humano, minha chance de salvação. Quem é minha mãe? A pobre que nunca me beijou e escondia o enxovalzinho do Zé Lúcio como quem esconde adultério? Ilusão. Minha vera mãe é Deus, o que só em Jesus prestou conta de seus atos. Uma mulher só pode ser irmã. Não faz dois dias e desejei chutar os bagos de um homem com a ponta metálica da bota. Quem me perdoará o mau desejo? Dói como crucifixão o amor que salva, o perdão que eu mesma me dou. Mas eu o escolho, Deus quer me ver cantando a dor do mundo, eu, a ladrona, perdoando o roubado. É assim, filha, a paixão é inocente. Se conseguirmos cantar não será um milagre o retorno de Jonathan.

XXVIII

Antes que tudo melhorasse tive um sonho de fácil interpretação: recebia muito cedo a visita de Alba, suas duas irmãs e sua mãe velhinha, que me tratavam, esta, mais que todas, com precioso carinho. Fiquei envergonhada, meu deus, eu ainda aqui nesta preguiça e elas se deslocam tão cedo para me ver. Vamos pra minha casa, disse pensando em lhes oferecer alguma coisa, recebê-las melhor. Para tanto, devia atravessar como que cômodos emendados, um deles um salão de beleza atapetado de cabelos. Era aflitivo pensar que pisaríamos naquilo grudando nos sapatos, que levaríamos a sujeira para minha casa. Vamos dar a volta, anunciei fugindo da dificuldade. Só que, ao fim do caminho, tinha um muro e depois um córrego. Escalei o muro admirada de que a mãe de Alba, mais ágil que as filhas, me secundava. Gritei por Teodoro a toda a força, sabia que estava em casa e não me atendia. Fui ficando impaciente porque o córrego engrossava, já via homens como um grupo de salvamento trazendo uma espécie de esteira flutuante em nossa direção. Em vão gritei por Teodoro que nunca, nem mesmo em sonhos, me negou ajuda. Ele não veio. Vinha Breno em seu lugar quando acordei sabendo que a minha teimosa procrastinação esbarrava em seu xeque-mate. Tratei de marcar as consultas, logo três de uma vez, incluindo um homeopata que se revelou confuso, nem cientista nem místico, e uma fisioterapeuta me informando acertadamente ao primeiro toque: a senhora não entrega a cabeça, dona Felipa. Saí tão satisfeita que passei na oficina do Lelo, da Reverie Jóias, e pedi que me fizesse um anel de prata quadrado, bem quadrado e pesado, uma peça com sinal de martelo, inteiriça. Cismei com isso, hoje vou encomendar um redondo, uma meia esfera guarnecida de um rendilhado que me cubra a metade do dedo. Só faço desenhar anéis. Ninguém notou ainda este que mergulhei na água sanitária pra ficar preto. Não tiro ele do dedo, todo o mundo finge que não vê, achando que me desagrada se falar que é feio. Quero ver se resistirão em silêncio à bolota que vou encomendar. Sei por que faço isso, não é para explicar. Encontraram a Valdemildes nua e morta num prédio em construção. Alba está confusa, a semana passada levou a moça em casa depois do bailinho. Deixou três filhos, calcinha e bermuda bege ensangüentadas. Fritava batatinhas para o povo que dançava na pista do A-Noite-É-Som. Alba acha que Deus sabendo de tudo podia ter quebrado uma perna dela pra ela não sair de casa naquele dia, coisas assim. Mas Ele não fez isso com Seu Filho, lembrei, quem tentou impedir as coisas foi Pedro, cortando a orelha do soldado Malco, colada imediatamente por Jesus, que ainda lhe mandou embainhar a espada. É mesmo, ela disse. Estava difícil teologar, parecíamos duas amebas. A Valdemildes fazia o que queria, Alba lembrou que lhe advertira várias vezes sobre ir pra casa sozinha. Deus guarda, ela respondia. Deve ter sido gangue de drogados. Quanto a Deus ter lhe quebrado a perna para lhe evitar a morte,

Alba reconsiderou: 'Mas sem liberdade a gente vira uma galinha, não é mesmo?' Apesar de tudo rezamos com muita paz. Será porque a Valdemildes não era parente nossa, ou porque nos entregamos melhor ao mistério de existir neste planeta convulso? Alba achou bonito eu dizer planeta convulso, a contraparte do meu anel estático que ela ainda não 'viu'. Um sábio, um grande, nos adverte sobre as "ambigüidades de Iahweh", lembrando a petição do painosso: "Não nos exponhas à tentação, mas livra-nos do mal." Sabendo que esta é uma petição a Iahweh de Seu próprio filho Jesus, só nos resta curvarmo-nos com sagrado temor. Se prosseguir nesta trilha, e devo fazê-lo, serei obrigada a tomar providências mais sérias que marcar três consultas de uma vez e fazer anéis quadrados. Ele quer de fato minha cabeça, como profetizou com inocência a pitonisa da sala de ginástica. Ela tem as mãos mais leves que as de Deus, isto é fora de dúvida.

XXIX

Amanhã é dia de ginástica e, sei não, tá custando pra eu continuar, porque uma vez por semana me parece pouco pra botar osso no lugar e compromisso me chateia. Um resultado bom; em todo caso, como preciso cada vez mais discernimento, minha oração cresce em qualidade. Não é pretensioso, pois não é mérito meu, tudo é graça, como diz Terezinha, a santa. Rezo, porque alguém reza em mim, neste apóstolo Paulo nascido em Córrego da Ferrosa, nem por isso menos tentado. Teodoro falou duas vezes esta semana que o mundo está por acabar. Esta notícia sempre me alegra, soa como anúncio de festa e não deixa de ser uma perspectiva essencialmente paulina no seu desejo de parúsia, de férias da peleja. Quase, e este quase demonstra meu progresso na ascese, quase perdi o controle quando vi a floresta de espinafre que Teodoro trouxe de manhã. Espinafre é escolhido só porque 'contém muito ferro', nunca porque é gostoso, toda receita de espinafre é um esforço de palatabilidade. Estou cheia de amor, por isso não excluo esta palavra excrescente, armário maior que o cômodo. Agora imitei a Lispector. Meu aperto é que urge ser eu mesma, não posso ficar imitando, ainda que enquanto humanos somos um só, senão como ia entender livro dela que parece tudo, menos livro? Tive vontade de, como antigamente, pegar o espinafre com as hortelãs que eles amarram em molhinhos apertados e socar tudo na lixeira, como eu fazia quando amanhecia feito hoje, desenquadrada. Falei só assim: mas que floresta! Deu preguiça de lavar tanta folha! Tive vontade de xingar Teodoro por seu excesso de clorofilas e porque estava usando um casaco horroroso que ele ama e eu odeio. Porém, fui abrindo a torneira e comecei a tarefa. Dona Felipa é engraçada, a Ivaneide falou, chamar verdura de floresta. Não avancei em ninguém e ainda consegui cantar "Ó glória de Portugal", me lembrando com felicidade que é junho, mês deste santo, que, por uma razão que nem desejo conhecer, amo como a um companheiro de batalha, meu querido Santo Antônio. Quando penso nele desejando e procurando o martírio, um moço tão inteligente e bonito, eu trinco de inveja, eu tão velha e ainda temendo a morte. A bem da verdade, ando mais corajosazinha, o que é um perigo, nem tanto, meus pecados me ajudam bastante, me recolocam no lugar e tem ainda que faço coisas como ligar pra alguém só pra lhe escutar a voz e desligar em seguida. Pessoas de minha idade fazem isto? Depois dos bebês de proveta, ainda se dirá idade provecta? Se se salvarem trocadilhos ainda estamos bons da cabeça, não é mesmo? Se o fizesse numa roda, Teodoro se chatearia, pensando como sempre que estou desiludida. Não estou, não, tenho preguiça de ginástica e dietas, exatamente por ilusões que beiram a insanidade e porque não sou simples como os santos e pessoas que admiro. Não falo 'queridos amigos' ou 'patrimônio da humanidade', nem se descobrirem em Ferrosa um fóssil de Adão, prefiro cachorro morto à língua morta. Por falar em língua, tivesse eu coragem, pegava um avião e ia venerar a língua de Santo Antônio, fresca e viva, setecentos anos depois de sua morte. Venero daqui desta cidade que, apesar de feia de tanto prédio e carro, ainda tem a imagem diante da qual rezaram meus avós e meus pais, alta como um moço alto. Ó meu Deus, por enquanto não peço o martírio, meu carisma é suplicar longa vida, demora em ir para o céu, quando é tão bom cantar por aqui mesmo, entrecortado como cantam os medrosos felizes: "Ó glória de Portugal..."

XXX

Amanheci — ó Freud bendito que te aplicaste em descobrir nossas motivações secretas — querendo telefonar desmarcando a ginástica. Pensava no que dizer quando Teodoro me avisou que só faltavam dez minutos e que minha preguiça era infernal. Corrigi para ancestral e tratei de ir. Enfim, havia pedido uma luz e considerei um relâmpago o comentário nervoso de Teodoro. É mesmo cedo para eu desistir. Músculo que me pertença também tem ancestral preguiça, não obedece em apenas três sessões. Me fez bem, de lá fui direto bordejar lojas, mesmo sabendo que as verduras iam ser lavadas perigosamente pela Ivaneide. Se é pra relaxar, pensei, que relaxe tudo. Devo dizer que a terapia está sendo boa. Ia escrever a 'físio' está sendo boa, mas não estou relaxada a este ponto, portanto, calma. Entrei numas seis lojas: você tem aí — primeiro dava um lance despistado, certificando-me de que não tinha — um casaco vermelho? Não, não é bem este o tom, quero um tecido mais pesado, de caimento definido. Puxa vida, caimento definido! Que delícia ficar engomando com as balconistas, ensinando pra elas as coisinhas que a esta hora estão usando como PhDs, textura, corte mais clássico, cor neutra. Tem horas viro outra pessoa, sei que é amor ao próximo, pois o retorno é formidável, o fruto é de paz. Cheguei tarde pro almoço, comi as folhas sem escrúpulos, só pus óculos e olhei bem. Estou muito feliz, graças a Deus cada vez mais próximo e desconhecido. A lembrança de Jonathan tem voltado. Pode-se confundir esta informação transcendente com os poderes libidinosos dos hormônios. Estultice. Libidinosa é a alma. Não discuto mais agora, tenho só meias razões, bordejo a arrogância, eu sei, logo eu que tanto quanto a alma amo a carne. Sou muito orgulhosa, vou pensar mais no assunto. A terapeuta me disse: você está melhorando, entregou melhor a cabeça, o que você fez? Rezei. Ela parou pra rir, claro que não acreditou. Isto me protege muito, falar a verdade é proteção segura. "Os altos montes dão abrigo às cabras e os rochedos aos arganazes." Muito lindo, bíblia santa, não se precisa saber o que são arganazes. A beleza cresce quando a entendo? Teodoro acha que sim. A descarga disparou, todo o mundo já ouviu ou falou isto uma vez, não já? E daí? Daí nada, só quero dizer que é possível nos comunicarmos, chegarmos a um 'denominador comum' que uso pela fissura de cortar, é língua morta, só vale nas matemáticas. Teodoro está gritando no chuveiro: toalha, onde estás que não respondes? Só me lembro de botar elas pra dentro quando começa a escurecer. Tudo que eu ponho no sol eu esqueço. Fiz e quero adotar a máxima: 'Suspire somente a sós.' É falta de educação suspirar em público, desmancha prazer. Minha mãe suspirou em toda a sua curta vida. Teodoro tem horror, nunca suspira. É bom suspirar, alivia, vou ensiná-lo a suspirar, ora, nem tanto ao mar nem tanto à serra. Ele está falando sozinho, só deu pra escutar... a máquina tem seu lugar... Estou muito feliz, graças a Deus que escuta tudo de nós e dá abrigo a cabras e arganazes que fui saber o que é: ratazanas! Por esta eu não esperava.

XXXI

Passei mal por dois dias. Causa imediata, nenhuma, graças a Deus, causa remota, o de sempre, melhor, as de sempre: dorezinhas, aviso de angústia, raiva de quem está fazendo as coisas certas, como Teodoro, não estou agüentando. E mais, o onipresente susto, o paralisante medo rondando como um lobo com fome. Fui falar no Centro Cristão para Idosos, por insistência da Alba, e me perguntaram o que eu achava da morte. Falei do medo da própria — ia falar o quê? Que nem ligo? Claro que falei também da fé na ressurreição, mas figurei com certeza uma abóbora em metades. Pessoas que não conheço telefonaram depois, algumas insistindo em me visitar, me trazer uma 'mensagem' que liquidaria com meu medo. Outra, naquele dia mesmo, se dispôs a fazer em meu favor e em minha casa uma 'libertação', sugerindo caridosa e delicadamente estar eu prisioneira do demônio da tristeza. Vi as fotografias da reunião. Não tinha mesmo a cara de uma pessoa feliz, de quem anuncia o Libertador. Estarei tomando o nome de Deus em vão? Sou uma beata patética? Quero brigar, sinto muita vontade de brigar, não é uma fantasia meu amor às guerras, não é mesmo. O que está me acontecendo? Me esqueci pela segunda vez da pílula e não me comportei hoje como adulta. Ainda que cozinhando com zelo, não comi, o que transtorna Teodoro. Queria e quero ainda, como dizem os políticos, criar um 'factóide' como caminho para chegar aonde não sei. Teodoro não caiu na armadilha, ficou lendo jornal. Nem pareço a mesma que há pouco só queria dar graças de todo o coração, brincando de escolher roupa em loja. Em minha primeira consulta informei ao doutor: 'tem um bicho encravado no meu pescoço, meu olhar só alcança o horizonte com o sacrifício das cervicais', o que sendo anatômico é também religioso em sua origem. Passa-se a vida resolvendo este pormaior. Sem ler livro nenhum Marcela descobriu a precisão vital de rezar pelos antepassados se quisermos a cura. Foi, sem saber, ao *Magnificat*. "...Sua misericórdia se estende de geração em geração sobre aqueles que O temem..." Sua misericórdia, conhecida por causa de Sua cólera, que também atravessa gerações. Sangra faz tempo o ferimento na linhagem dos Marroios. É preciso uma cura, beatas são sempre tristes, inimigas da santidade, não perdoam. Rosa é alegre, Bárbara e Noêmia também, só Marcela é parecida comigo e, olhe bem, ainda assim, ou por causa, chegou à descoberta de que se deve perdoar os ancestrais. Deus precisa dos atormentados para manifestar Sua glória, também para nós duas terá olhos benignos. Decido, para aquietar-me, aguardar o momento em que saberei responder sem dolo e, principalmente, sem medo à pergunta que altera minha pressão, põe cruzes no meu exame de sangue: "Filha, o que queres que eu te faça?"

Por enquanto, ó Senhor, não deixa Teodoro desanimar de mim.

XXXII

Deus é justo, um entendimento súbito intrometendo-se no que ia escrever, obrigando-me a anunciá-lo: Deus é justo. É íntimo, escapando até hoje a catecismo, doutrina, silogismos, me cai assim de graça, alheio a mérito meu. Apenas sei e tenho que dizê-lo, Deus é justo. Quem come e quem passa fome agradeçam e dêem glórias. Sou criatura, ganhei tudo até hoje e não entendo como não sou Deus, se Lhe sou a sombra perfeita em falta absoluta e carência. Descubro então meu poder, o de não ser nada nem ter. Contudo, sim, contudo, aqui tresmalho do próprio entendimento e me ponho como Nossa Senhora a visitar meus parentes ocultando a pérola no seio. Repouso em Deus. Imaginava dizer isto hoje sem soberba? Pois disse e deixo para um outro dia o que tencionava escrever. Hoje como faisões como quem come frangos, com a sofreguidão do pobre que não adia seu gozo. O cabo diz na TV, como um escolar nos exames, que 'o indivíduo espatifou-se'. Demanda a Aristóteles e à fissão do átomo a permissão para se dizer que o indivíduo espatifa-se. Mas todo mundo entende, porque a língua, como de resto o resto, é afeto. Se parece com o Brasil a vida humana, em horas boa demais, em outras que vontade de neve, queijo com vinho e lãs. Europa, adoro este nome, sua densidade de vícios e de êxtases, guerras, sobretudo guerras. Não gosto de nada novo, por isso amo a Deus de todo o meu coração e não blasfemo, pois não quero blasfemar. Daqui a mil anos, talvez, teremos belos jardins, por agora nossos velhinhos têm cara de bebês e nossa riqueza brilha como ouro de camelôs, nunca filosofamos. Com música tão primorosa e ruas sujas temos grande futuro pela frente. Disse maior bobagem que o polícia, escorregar é bom, baixa o facho. Para jardins bem-cuidados são precisos mil anos e mais outros mil para usar sobretudos. Se necessário colaboro com o fim da camada de ozônio, com o degelo da calota polar, faço qualquer coisa para que Ferrosa se alinhe entre os grandes. Parecia um escoteiro nosso soldado na televisão, tanta inocência irrita o Salvador, o que vem para os pecadores. A terapeuta me disse: cuido do seu corpo, quanto ao espiritual você procure um pastor, um padre ou mesmo um analista. Quem mandou eu falar demais? Fiquei bolinando a moça com exibições do tipo: todo mal, mesmo o torcicolo, deve ser resolvido no espaço da transcendência. Dizer isto é diferente de falar para balconista pobrezinha sobre tom neutro e corte clássico, derrapei outra vez. Pensei em voltar a dar catecismo, Babai acha que é tentação. No fundo meu destempero foi por causa da pérola, impossível ficar muito alegre sem quebrar o protocolo. Vou me cobrir com o cobertor de vicunha, me rindo dos ecologistas, se quiserem que tiritem. Antes da compreensão me cobriria com menos, para estar solidária com a pobreza; este pensamento, sim, é pobreza. Obrigada, Senhor. Está um frio de Europa, frio de velha, glórias! Estou começando a curtir.

XXXIII

A casa é grande e trabalho duro preparando meu próprio casamento, desejo muito me casar. Tudo por fazer. Estão aqui meu pai, minha mãe, Teodoro, que é um outro homem mas é Teodoro — minha filha com seus filhos? —, sobrinhos e um grupinho alegre conversando, todos COMPLETAMENTE alheios à minha aflição. Quero muitas flores, bombons que desejo à mão em todo canto, quero uma casa bonita. Varro e vou aos armários, desgosta-me o pó de caruncho, a louça ainda suja. Reclamo alto, aos gritos, é o MEU casamento, o MEU casamento, não é possível que ninguém me ajude! É o meu casamento, repito à minha mãe que continua impassível e tenho raiva dela. Inibida, peço dinheiro a Teodoro para comprar os bombons, peço com rodeios, pois quero mais que uma caixa e preciso mais dinheiro. Alguém se oferece para ir comprá-los, um meio bobo que volta com biscoitos, aqueles cobertos de chocolate pobre, comprou errado. Nada se resolve, mulheres lavam a frente da casa com mangueiras, servicinho descompromissado, mais para conversarem entre si. Ninguém de fato me ajuda. Ao contrário de sempre, é a segunda vez em sonhos que Teodoro não me socorre. Acordo e sei do que se trata. Não demora e o medo, o que se vale de tudo para me reter prisioneira, o demônio do medo, insinua-se poderoso e lascivo: Felipa, noivo lembra goivo, a flor funérea. Meus joelhos vacilam, ainda assim não abro a Bíblia à cata de proteção, não quero tentar Deus que já me falou no sonho. Vou rezar com Alba. Dois sentimentos: morrer é depois de viver e ainda nem me casei.

A voz quebrantada de amor, alguém me ordena e sua ordem é doce: cala-te.

O que eu ia dizer ao que deseja esposar-me é trate-me com doçura.

XXXIV

Quando do sonho sobre meu casamento, foi muito bom mesmo não consultar a Bíblia a respeito. Estou certa de que somos tentados sem descanso e também de que anjos nos protegem contra o avanço das trevas. Marcela também se queixando de tonturas, só mais guerreira que eu. Os sonhos com crianças voltaram, para minha alegria. Se me ponho como referência, há vidas mais e menos difíceis, não é consolo nem castigo, pois Deus é justo, é si próprio o parâmetro de cada um, ou seja, o metro é Deus. "Sede perfeitos, como o Pai é perfeito." Nossa! Não há como imitar um santo, devo construir-me, é esta a sua fala, por isso está nos altares. E causa mesmo admiração que alguém viva sua vida! Disse a Teodoro que as conversas andam muito cansadas. Será este o inequívoco sinal de quem aporta à terceira idade? Carne, só branca, ovo, se for galado, não misture doce com ácido. Você põe as ameixas num copo d'água e deixa dormir, toma no outro dia em jejum, é tiro e queda. Ó meu Deus, a saúde do velho está no calcanhar? Todos caminham como judeus errantes. Tiro e Queda é um nome e tanto para um bar, cedo grátis o achado. Estou quase chorando, arrependida de ter falado assim com Teodoro que não tem culpa de nada. Está contando pro Alexandre: Seo Osório disse que abaixa a febre do boi é "de parcela", não aceita veterinário porque um deles lhe matou a rês baixando a febre de uma vezada. Seo Osório, o que não puxa água para sua casa na roça porque 'água a gente deixa é onde Deus pôs, é muito fácil pegar na bica'. Claro, ele fica pitando e a velha baldeando água, folgado ele, excelente fariseu. Diz que foi agressado por uma cobra e ficou com a perna meio manca. Será? O que está ficando manca é a perna da banqueta de onde ele não tira o traseiro. Sei não, queria estar como quando jovem, imitando as amigas de minha mãe: 'é uma dor nos rins, comadre Bela' e faziam caras e gestos, levavam a mão ao quadril, ai que dor, comadre, eu imitava escondido 'estou passando mal', o teatro no sangue, nas veias da humanidade. Pessoas grandes andavam devagar, ia e voltava e elas marcando passo sem sair do lugar. Uma cidade só de meninos é bem um arquétipo, eu acho. Vamos hoje à casa de tio Joaquim? É só chegar o tempo das laranjas, dá uma saudade do Joaquim Marroio, hein, gente? Por que tenho de narrar, meu Deus? Que desassossego é este? Tenho medo de fazê-lo e ficar feliz? Por isso estou cheia de dores e tão feia? Sempre narrei, eu sempre fiz teatro.

A sapa na lava pa
Na lava parqua na qua
Ala mara na lagaa
Na lava pa parqua na qua

E sempre tive platéia. Será que sou uma artista e precisam que eu represente? Imagine, fiquei tão feliz só de cantar com *a* a musiquinha O *sapo não lava o pé* que me esqueci da labirintite, o menino riu tanto, tive de repetir muitas vezes, me aplaudiu de pé. Pois é, meu Deus, pois é, meu Senhor, meu Pai Santo, quem sabe se eu escrever sem parar, dia e noite, como um capinador capina sua roça, vou ficar feliz de arrebentar e faço tia Salô dar umas risadas, tio Micas recuperar o desejo de cantar no seu baixo comovente? Penetrai-me, ó Espírito Santo, agudíssima língua, endireitai minha espinha, levantai meu queixo, falai-me com uma tal voz que mais tenha dela certeza que de minha própria pele: Felipa, você é uma artista, sua roça é aqui, pega seu caderno, seu lápis de boa ponta e capina sem preguiça, Felipa, de sol a sol, conta o que te conto. Serei feliz porque estarei liberta, mais ainda porque a roça não é minha, sou trabalhador alugado para patrão exigente, "que colhe onde não plantou", ai de mim, os Evangelhos dão calafrios. Contudo — adversativas são portas, pode-se entrar e sair —, contudo, uai, perdi-me, estou bem melhor mesmo, marquei consulta no otorrinolaringologista — só este nome faz sozinho um primeiro ato de comédia. Pra começar, até a Ivaneide já aprendeu que labirintite é defunto nervoso, quero dizer, de fundo nervoso. Não gostei da graçola, foi o capeta que se intrometeu pra me assustar, coitado, quer entrar no teatro. Eu deixo, mas ele vai ter o fim que merece.

XXXV

Por causa de um futebol na França, falamos todos em línguas, voalá, dei-lhe a camisa sem os botões, porque eram de madrepérola e sou muito apegada a essas coisinhas, isto é, já fui, esta lembrança nacarada é de quando era bem jovem e enfrentava empregada a tapas. O Senhor, aquele que não me deixa em paz, sugere holocaustos novos, incruentas ofertas, ainda que inclua o corpo e com esta exigência: desnudo e ojurduí. Logo comigo que adoro adiamentos, ficar à toa escutando babás na praça: 'Resolvi fazer vestibular; boba, oh, que coisa, é supletivo que eu queria falar.' O menino olhando um buraquinho no chão não saía de lá nem a martelo. Foi preciso chamar-lhe a mãe, que não desperdiçou minha atenção: puxou ao pai dele que é biólogo. Meu sobrinho que tem pai dono de mercearia faz a mesma coisa em cima de buraco de formigas, mas agüentei firme, não critiquei a mãezinha, só contei pra ela 'com naturalidade' que fui sem guia à Estátua da Liberdade e até tenho um filho que é físico nuclear. Quem puder que atire a primeira pedra, eu não posso, minha raça é humana. O futuro biólogo só saiu de seu posto a troco de uma Coca-Cola na mamadeira. As babás estavam muito felizes de tomara-que-caia e tomara que dê certo meu supletivo pra eu arranjar um emprego sem patroa nojenta, porque criança é gracinha só longe das mães, não é mesmo? O mais feio em nossa língua é a elisão de pronomes e plurais, dá otite. Tem ainda a concordância errada, mas essa daí é crassa, surdez direta. Devo desistir de algumas coisas em benefício de minha saúde. Todos os panos de chão processando na máquina por duas horas? Então, tá. É o maior orgulho da Ivaneide confundirem 'os de chão' com 'os de prato', algum gosto ela precisa ter trabalhando pra mim. Se fizer estas chateaçõeszinhas virarem uma história é como fazer limonada, o ácido a meu favor. Talvez escreva as *Filandras*, terei chance de dedicá-las a Teodoro, quase como na faixa em frente da padaria: *Alceu, em 1º lugar quero te pedir perdão por tudo que fez você sofrer. Eu não tenho vergonha de dizer para o mundo todo que te amo e quantinuarei amando. A. volta para mim. Gláucia.* Teodoro está chegando da rua com uma coisa que ele adora comer. 'Você acha que dá tempo de fazer pra agora?' Ainda que seja preciso parar o sol no seu curso para que se cozinhe bem, eu paro. Quero meu amor encarnado, cozido e com bom molho. Te adoro, Teodoro. Na faixa o pedido *A. volta para mim* estava escrito dentro de um coração.

XXXVI

Me deu imensa alegria a descoberta dos neutrinos, já sabia, mas ver confirmadas as suspeitas é motivo pra baile e festa. Mãe de Deus, que poder neste nome! Coisa terrível de se dizer é Mãe de Deus. Te adoro, Teodoro. Tiadoro. Ou: Para Teodoro, com amor. O melhor de todos é: Para Teodoro. Esta, a dedicatória que Felipa escolheu para finalizar seu caderno, significando que tornava público seu amor por Teodoro e também a permissão para ele ler os textos. Mas tem aqui uma confusão que percebo a tempo. A dedicatória que penso fazer não é para estes manuscritos e sim para *Filandras*, que ainda nem escrevi. E o modo como expliquei a dedicatória é o de uma terceira pessoa, parece a fala de um estudioso em cima de um pergaminho. Eu falando de mim mesma, como se fosse outra?! Sai, capeta, te imiscuíste. Mudo de assunto, meu negócio é com Jesus Cristo. Acordei de madrugada com esta fala na cabeça: "Quem dizem os homens que eu sou?" Respondi como Pedro: "Tu és o Cristo, o Filho de Deus vivo." Quando se acorda de noite, você está perto de tudo, qualquer coisa lhe é muito próxima, vida, morte, pessoas. Tenho sempre a impressão de que a oração desses momentos sobe em linha direta e repercute em nós de forma diferenciada da que se faz em momentos corriqueiros. A sensação é de que você foi acordado para rezar. Deve ter sido assim com Samuel adormecido, por três vezes julgando ouvir a voz do sacerdote a quem servia e a voz era outra, a do próprio Senhor. Comigo, claro, por causa do meu medo folclórico, não sou eu quem diz fala, Senhor, tua serva escuta, acontece o contrário: escuta, ó serva, teu Senhor te fala. É como tomar um remédio em estado de grande relaxamento que lhe facilita a ação curadora. Acontece alguma coisa em nós. Cora pedia ao anjo dela: 'me acorde de noite para rezar', começo a entender, você está sem defesas e a 'presença' te toma para teu gáudio ou pânico. Alba vai detestar esta conversa, dirá protestantemente que Deus não amedronta. Não? Pergunte a Jó, a Jacó, a Jonas — oh, tudo com jota! —, pergunte a Jesus, aos judeus apavorados suplicando a Moisés que não deixasse Javé descer da montanha, pergunte a mim que desde pequena corro a léguas de Deus. Também pudera, frei Pacômio pregava assim: eternidade, palavra horrível! Falava 'horrível' com o som de um 'erre' só, por causa de ser estrangeiro, os olhos fechados, a mão tremendo um pouco. Sofri tanto e fui tão feliz ao mesmo tempo, como é possível que sobrevivi? Alba acredita que meu medo é só por causa de um catecismo errado, tem pouca razão. A verdade é que ainda não adentrei o Novo Testamento, preciso de um batismo no Espírito, nisso ela está certa como qualquer carismático. Estou atrasada, corre, Felipa, todo o mundo que veio com você já está folgado lá na frente, está parecendo as pessoas grandes custando a chegar na casa de tio Joaquim, enquanto você ia e voltava umas três vezes, está lembrada? Pede a Deus aquela saúde de volta, a coragem de atravessar o pontilhão sem vertigem. Quero o

Deus que alegrou minha juventude, quero minha juventude, esta é a verdade, à falta dela tenho construído meu bezerro de ouro. Sei também e não queria saber, pra descansar de tanta pena, o medo é um ídolo, tanto quanto a coragem, os extremamente corajosos me dão medo também. Coragem é o quê? Não sei, minha consolação é Jesus, que teve medo e coragem. Só ele é o humano perfeito, Bárbara falou, nós ainda não somos humanos e queremos ser Deus, por isso nossa vida é esta encrenca, Jesus é mais humano que nós. Me admirei muito do pensamento da Babai, uma revelação, não é? Jesus Cristo é o desejo mais profundo e primeiro da minha alma. Não finjo quando peço a Deus me carrega no colo igual mãe carrega filhinho, não é preguiça, meu Pai, é medo que eu sinto muito, é medo e tão grande que me dá ganas de falar palavrões. Eu preciso de um alívio.

XXXVII

Adianta dizer que o dia estava maravilhoso? Adianta, porque é a única forma de fazê-lo e quando a necessidade obriga o resultado é fresco, portanto: o dia estava maravilhoso! Ia à margem da estrada de ferro na direção da casa de Joaquim Marroio, de sua antiga fazenda, e foi bom que estivesse sozinha. Antes que atravessasse a linha para o lado do córrego percebi uma pata-de-vaca cheia de flores movimentando-se à minha aproximação, coalhada de passarinhos. Por bobo que pareça, você se sente saudado. Parei um minuto para agradecer e prossegui. Quase no pontilhão, contra um "céu de puríssimo azul", isto mesmo, aquele do *Hino à Bandeira*, um pé de biloscas, sem folhas, só com as vagens secas e dois ou três passarinhos de peito branco, era a alegria. Percebia meu corpo como se só treze anos me sustentassem, como quando dizia por ausência de palavras: que bom, que bom, ai, que bom! Os bicos-de-lacre, profusos e tagarelas, saíram do capim alto, voando à minha frente, como se me esperassem para irem comigo. Aonde, meu deus? À felicidade, a um pasto meio seco de alto inverno, a uma poeira rica como ouro em pó. Só plantas plebéias, assa-peixe com flores, restos de flor-de-maio, ninguém passando por mim, tudo para eu sozinha, nem uma nuvem no céu. Fiquei tão corajosa que pensei: numa hora dessas acho que não tenho medo de morrer. Não sei se disse acho ou se falei mesmo não tenho medo de morrer. Muito oxigênio é perigoso, não é? Eu só repetia Deus, Deus, Deus, com medo de reduzir o que experimentava. Não duvido um instante, estava sendo consolada, o que acontecia não era uma feliz conjunção de hormônios, nem derrame de endorfinas, estava sendo consolada por existir, existir era consolador. Um apito me fez saltar dos trilhos, esperava uma grande composição de vagões cheirando a graxa e veio só o automóvel-de-linha, um brinquedo tudo, um brinquedo eterno, o que via era como se fosse através de uma janela, cortina que me fora aberta, tudo durava inconspurcado. A idéia da morte derrotaria Deus, era impossível morrer. Mortos e vivos é só um jeito humano de falar, língua que não alcança a margem do que se sente quando só conseguimos este balbucio: Deus, que dia maravilhoso! Faz tantos dias já e é desta comida que eu estou vivendo. Ela não acaba, é como o óleo milagroso, o óleo da viúva de Sarepta.

XXXVIII

Quero registrar os sonhos do leite, dos adoradores e o mais estranho deles, o das duas mulheres vestidas de modo igual dentro de um lugar que parecia um grande túmulo, sonhos de salvação. Tem ainda a romaria, precisarei escrever além de quarenta textos? Queria fossem apenas quarenta os destes manuscritos, porque é número redondo e significante, bobagem, não se premeditam essas coisas, vou escrever o necessário, esta a regra de ouro. Dizer tudo é às vezes tudo perder, dizer menos é cair na infidelidade, alguns acontecimentos pedem silêncio, um silêncio feito na confiança. Já penei por ter falado demais, perdi tesouros enquanto os comunicava a ouvidos despreparados julgando ser generosa. Dê a água, irmã Agnes me ensinou então, mas retenha a fonte, quer morrer de sede depois de encontrar a mina? A verdadeira bondade não é esta. Acho que aprendi. Tomara. Joana ligou dizendo que conversou com Rebeca, me fazia sofrer o distanciamento entre as duas, dou tudo para que se amem os que amo. Acho que dou a vida. Este 'acho' ainda me chateia bastante, aparece como um rabo de papel toda vez que desejo ser inteira e bacana. Bacana? Marcela está dizendo que me tirou um retrato dormindo num dos bancos da rampa que sobe para a basílica. Dormi mesmo lá, enquanto o pessoal comprava lembrancinhas, procurando lugar onde comer. Entreguei-me ao fluxo, à correnteza parda de gente subindo e descendo, uma hora da tarde, à boa fadiga do corpo, me espichei mesmo no banco e só vi que dormira quando o Zé Lúcio cutucou meus pés. Estou com medo da reza, falou o menino de três anos quando entrou na igreja, resumindo com perfeição a pequenez que nos tomava. A criança percebeu uma freqüência diversa dos *shoppings* e parquinhos: 'Estou com medo da reza.' Dá medo mesmo ver paralíticos agradecerem de suas cadeiras de roda, velhos doentes falando graças a Deus com uma alegria que jamais se explica. Quero minha vida igual a uma romaria a Aparecida do Norte, só o que interessa: farofa, garrafas de café e água, manta para cobrir os pés, porque 'passar frio não tá com nada, comadre', e o livro definitivo onde a esperança mais funda sustenta choro e graçolas, tio Micas no consultório: 'Só não me doem os óculos e a sola dos sapatos, doutor.' A psicologia é nova, mas já tem suas múmias: 'é pena a senhora fazer seu dedo de pênis', só porque me queixei que me doía a cabeça do dedo, era problema na unha que crescia pra baixo. Imagina se deixo médico desse tipo tocar na minha tristeza! Odeio saudosismo, mas se o mundo tivesse parado na água encanada me dava por satisfeita. Escola de Datilografia Almeida, entupida de alunos, vaga, só a poder de promessa. Da minha carteira via o quintal do professor, pé de mamão e galinhas. Sem quintais vamos enlouquecer. São Paulo pregava em seu tempo a iminência do fim, faz dois mil anos já. O fim anunciado parece sempre iminente? É de sua natureza estar prestes a? O que estou falando? Estou com muito sono. Doutor Salém nem fechava a porta do consultório, apalpava a gente e pronto, na mosca. Os remédios tinham persona amiga, mesmo os piores, e um nome só a vida inteira. Fotografia de crítico causa medo, o crítico no seu apartamento, o crítico na sua biblioteca, em meia folha de jornal. Quero ver um crítico é em Aparecida, dá uma sede, uma fissura por café e sanduíche, ia mudar muita coisa, mas lá é lugar pra jagunço e pecadores, por isso fui, e, se um dia puder, eu conto. Estou com muito sono, o mesmo de quando desabei no banco da rampa, só que agora ninguém me tira retrato, estou em casa. Este capítulo XXXVIII está um pouco esquisito, diria o crítico, o que eu aceitaria sem réplica, fui em Aparecida do Norte, graças a Deus.

XXXIX

Hoje anoto os sonhos, primeiro este em que a Arlete do Zé Lúcio segurava uma criança mofina de corpo, as costas cobertas por inteiro de uma erupção como uma varicela miudinha. Não se via a pele, só os montículos em toda a extensão. Observei que a cara da criança era a de uma velha — a minha? —, o cabelo era meu. Uma velha-criança ou uma criança-velha era 'a criança' que a Arlete segurava. Depois, pelo meio de uma alameda de altas árvores, eu voava sem esforço algum, sentindo o empuxo de um vento me refrescando o corpo enquanto me conduzia, era muito, muito bom. Havia lido a passagem de Pentecostes antes de me deitar e pedido com fervor o Espírito Santo. Voando entrei — ou caí — num lugar, uma construção retangular, grande e limpa, semelhante a um túmulo de concreto construído abaixo da superfície do chão. Lá dentro, sentada, uma freira velha vestida de branco, o véu azul-celeste. Mais para o fundo, em nível superior, Nossa Senhora vestida exatamente igual. Estava imóvel a freira, como se aguardasse há séculos para se mover e moveu-se. Tudo era limpo e não metia medo, era só estranho. Quis cantar e cantei para Nossa Senhora o "Ó Maria, ó Mãe cheia de graça". De onde estava via o lugar por onde sairia, uma abertura no alto do concreto deixando passar a claridade, o dia, o 'lá fora'. Era tranqüilizador. A princípio minha voz rateava, queria cantar límpido e alto, o que depois aconteceu.

Depois? Depois, frei Canísio ia ser sagrado príncipe cardeal e parece ainda que vi muitos frades? Não sei bem. Preciso pensar, pois ainda não entendi este sonho, só suas duas primeiras partes, já em outras vezes sonhada, vôos sem esforço e peles com erupção. Quero ser instruída pelo mesmo espírito que instruiu Daniel, me dirá o que preciso saber sem me destruir de medo. Por falar em medo, ando mais corajosa? Eh, eh, dirá tio Micas, é aí que mora o perigo, quando se perde o medo. Mas é só uma brincadeira, incapaz de ele não fazer. Então Deus me tira o medo para me pegar na esparrela? Sou por acaso um porco que Ele ceva para depois comer? O limite d'Ele é Jesus que nos dá garantias. Tenho andado tão normal, percebo o susto na cara das pessoas. A normalidade é assombrosa, sua puerícia é mesmo carne de poesia, concordo, o dia inteiro pelejando para se aprender uma música, enrolando docinhos que exigem um cravo espetado no centro. Tenho atendido à porta sem nervosia nenhuma, estou alegre, canto, estou triste, **choro**. Graças a Deus! Em qualquer situação esta é uma **oração** perfeita de adoração ao Senhor, anúncio de Sua justiça. Crianças estão cada vez mais importantes, oráculos a quem devemos ouvir, servir com incansável amor. As crianças guardadas guardam o homem. É bonito? Fui eu quem inventou, copiado de 'os rebanhos guardados guardam o homem', que também é meu. Meu pecado não é este de mostrar meu verso, já que o poeta é outro. A saúde é uma fé, acabo de aprender, se ganha quando se pede e tenho pedido dia após dia e peço de novo agora, neste minuto em que escrevo, seis e cinqüenta e quatro da tarde e me revisto de coragem para a inominável aventura de chegar perto do Teodoro de uma maneira tão nova que, aposto, ele vai me chamar pra jantar no Panelas, ou me contar seu sonho, ou outra coisa que não escrevo aqui. Vou mudar meu coração agora, vou sair de mim mesma, deixar que o vento bom do sonho, o Espírito de quem me fez, me leve à felicidade. É uma velha-criança a criança com cara de velha, só pode. Deus me dá a fé, a mim que descubro junto, ai, sofro de despeito, este sentimento horroroso. Ah, não vou me entristecer porque sou pecadora. Não chamou Ele pelo nome a Zaqueu, a Mateus, ao bom ladrão e a Madalena? Minhas chances são absolutamente fantásticas! Estou tão feliz que, sem querer e sem precisar, chamei a Ivaneide, como fazem as senhoras quatrocentonas de São Paulo, pedi um café sem açúcar e fiquei bebendo como uma intelectual, de brincadeira, pra fazer pose. Somos ouvidos. Não se duvide.

XL

Olhava o menino da Rebeca, uma criança de colo, miudinha de corpo, mas saudável. Sentia-lhe a popa na concha da mão, era muito bom. Começou a chorar e, percebendo-lhe a fome, sentei-me e dei-lhe o seio. Mamou sofregamente, eu sentia formar-se o leite abundante, era gozoso e pensei: por isto dispenso orgasmos. Troquei de seio e o menino continuou até se fartar, até regurgitar, passava a mão na barriguinha, falando do estampado de sua camiseta, o gozo perdurava. Conversando com as pessoas, mostrava a criança, sabia que era a avó e não a mãe, mas era formidável que outros também soubessem. À essência deste sonho chamei 'A glória do corpo'. A natureza da criança era a de um homúnculo, dava-lhe de comer exatamente para que não crescesse e não crescendo não se corrompesse, alimentava a criança divina. Nada muda se me disserem 'tuas leituras te confundem, Felipa'. Não, porque o que se sente adianta-se ao que se sabe. Os afetos dos sonhos nos ensinam. Fica-se perturbado ou feliz quando se acorda com a imagem de multidão de padres paramentados adorando o Santíssimo, mulheres que enchem silenciosas uma igreja. Felicidade não é palavra humana, só em sonhos a suportamos, em canteiros hídricos:

Como em campos de arroz nos alagados,
brotavam os lírios, alguns floridos já,

as corolas expostas sobre a linha d'água,
                          brancura.
E mais não falo para não tornar em alvacento
o que era branco só, branco puro.
Havia um homem no sonho olhando as flores comigo.

Ontem vinha com Teodoro da casa de Marcela, a luz do farol bateu nas muitas cabras, fosforesceram os olhos delas. Tantos rezaram por mim, tive tanto medo de precisar de novo uma vez por semana contar ao doutor meus sonhos. Você viu, Teodoro, os olhos das cabras? Brilham como os dos gatos, ele disse. Meu Deus, me alivia da beleza do mundo, tanto quanto uma cruz pesa a fosforescência nos grandes olhos dos bichos. Não sou como Teodoro que apenas diz 'brilha como os dos gatos' e felicita-se, devo anunciá-la quando só queria Vos adorar em silêncios, nos silêncios pulsantes que só existem nos sonhos. Sou gaga, tenho intestinos, agora mesmo sou capaz de fazer pra eu sozinha um café. Estou chorando, mina água salgada do meu corpo, me sinto tão miserável que me entrego a fotografias, nua ou vestida me entrego, quase me entrego a Vós, melhoro cada vez mais. Acordei pensando engraçado assim: nem santos nem beatos, os santiatas estão presos ao céu por uma corda de vime. Os incuráveis não riem, não é mesmo? O menino se adiantou à velha com as sacolas e pediu a Teodoro:

— Home, me ajuda a passar no pontilhão?

— Você quer passar andando ou quer que eu te carregue?

— Quero que me carrega.

Parecia sonho Teodoro com o menino no colo e a velha atrás falando que teve enfarto e não pode com peso, vigia o neto pra filha fazer faxina. Oh, isto merece entrar para o livro *Das coisas maravilhosas da história da humanidade*, como os corvos alimentando Elias, Juquinha contando que o doutor deixou ele beber meia garrafa inteira por semana. Mas qualquer texto é fragmento, é só uma parte inteira, como a meia garrafa do Juquinha que concordou com o doutor, porque, diz ele, é 'muito esportivo com as coisas'. Eu só tenho coragem de comer pão com lingüiça em ônibus de romaria, onde todo o mundo conhece todo o mundo, cheira demais. Tio Micas cobriu a pimenteira dele com um plástico, por causa dos passarinhos, doidos com pimenta madura. Fosse eu, deixava e aproveitava dos dois. Ah, tem hora que todo o mundo faz bobagem, deixei passar batido. Conheci um marinheiro de verdade, me deu de presente um quadro com nó de todos os tipos. Entendi por que toda vida gostei de saber notícias da Marinha Mercante, navios com carregamento de congelado, camarão e bananas, que fissura me dá, que fome, chego a lamber os beiços. O nome dele é Antônio. Os petroleiros, eh, se não parar faço igual a tio Micas cobrindo o pé de pimenta. Não preciso proteger tudo, se Deus precisar me dá mais idéias e eu escrevo outro livro. De onde eu tirei este tem mais. Acho que morrer é assim:

— Deus, me passa no pontilhão?
— A pé ou no colo?
— No colo.
Você fecha os olhos e quando abre já passou.
Não doeu nada.

OBRAS DA AUTORA

POESIA

Bagagem, 1976
O coração disparado, 1978
Terra de Santa Cruz, 1981
O pelicano, 1987
A faca no peito, 1988
Poesia reunida, 1991
Oráculos de maio, 1999

PROSA

Solte os cachorros, 1979
Cacos para um vitral, 1980
Os componentes da banda, 1984
O homem da mão seca, 1994
Manuscritos de Felipa, 1999
Prosa reunida, 1999
Filandras, 2001
Quero minha mãe, 2005
Quando eu era pequena, 2006 (infantil)

ANTOLOGIAS

Mulheres & mulheres, 1978
Palavra de mulher, 1979
Contos mineiros, 1984
Antologia da poesia brasileira, 1994. Publicado pela Embaixada do Brasil em Pequim.

TRADUÇÕES

The Alphabet in the Park. Seleção de poemas com tradução de
Ellen Watson. Publicado por Wesleyan University Press.

Bagaje. Tradução de José Francisco Navarro, SJ. Publicado pela
Universidad Iberoamericana no México.

The Headlong Heart. Tradução de Ellen Watson. Publicado por
Livingston University Press.

Poesie. Antologia em italiano, precedida de estudo do tradutor
Goffredo Feretto. Publicada pela Fratelli Frilli Editori, Gênova.

Este livro foi composto na tipologia Minion, em corpo 12/17,
e impresso em papel off-white 90g/m²
no Sistema Cameron da Divisão Gráfica da Distribuidora Record

Seja um Leitor Preferencial Record
e receba informações sobre nossos lançamentos.
Escreva para
RP Record
Caixa Postal 23.052
Rio de Janeiro, RJ – CEP 20922-970
dando seu nome e endereço
e tenha acesso a nossas ofertas especiais.

Válido somente no Brasil.

Ou visite a nossa *home page*:
http://www.record.com.br